ホトトギスの俳人たち

中村雅樹

本阿弥書店

ホトトギスの俳人たち＊目次

ホトトギスの俳人たち＊目次

凡例

一、それぞれの章立ては、俳人の生年を基準としたが、必ずしもその順序を厳守しているわけではない。

二、引用に際しては、漢字は原則として現代のものに直し、仮名づかいは原文通りとした。また人名は、高濱、秋櫻子、濱人のように旧漢字を用いる場合もある。

三、「ホトトギス」の表記には幾通りかあるが、本文中では原則としてこの「ホトトギス」に統一した。

四、本文中の年齢は、小谷野敦に倣い、当該年から生年を引いた「単純年齢」で表している。

ホトトギスの俳人たち

中村雅樹

装幀　渡邉聡司

第一章　内藤鳴雪——美的感想を詠う

「ホトトギス」が松山で創刊されたのは、明治三十年一月であった。その創刊号の開巻劈頭に置かれているのは、内藤鳴雪《めいせつ》の「老梅居漫筆」である。この創刊誌の目指すべき方向が、箇条書きに示されている。その内容は子規の俳句理念によるものであった。とはいえ、「ホトトギス」の歴史は、子規ではなく、じつに鳴雪のこの一文でもって始まったのである。文末には、「ほとゝぎすの発行ありと聞きて」という前書きとともに、一句が添えられている。

故郷に嬉しきものゝ初音かな

鳴雪は弘化四年（一八四七）四月十五日に、松山藩の重臣である内藤同人《ともざね》の長男として、江戸の藩邸に生まれた。東京の自宅で亡くなったのは、大正十五年（一九二六）二月二十日。七十九歳である。福沢諭吉の言う「一身にして二生を経た」八十年であった。

只頼め湯婆一つの寒さかな

前年の十一月頃に詠まれたこの句が、この世の名残りの句となった。遺言によって、長与又郎東京帝大教授の執刀により頭蓋が解剖され、脳が摘出された。桂太郎、漱石らの脳とともに、いまは東京大学の医学部に保存されている。

一、なりゆき

鳴雪は幼名助之進、元服により師克《もろかつ》と名乗った。ところが、憎まれ者の高師直の「師」と同じであることからこの名を嫌い、新たに永貞と名を改め、それを実印としていた。鳴雪は根っからの芝居好きである。その実印が、影絵見物中の暗闇で盗難に遭ってしまった。以後その名をそのまま使用するのも気がかりということで、鳴雪はさらに素行《もとゆき》と名を改め、それを実印に刻んだ。二十五歳のときであった。盗難がきっかけとなり、そのなりゆきで素行となったのである。

鳴雪が俳句を始めたのも、なりゆきによるものであった。旧藩主の久松伯爵家によって、松山から上京してきた学生のために寄宿舎が建てられたのであるが、鳴雪はその二代目の監督に任ぜられたのである。当時鳴雪は文部省に出仕していたが、精神衰弱と不眠病に加え、岡倉覚三（天心）らの頭のよい大学出に親しむことができず、明治二十四年には職を辞し、寄宿舎の監督のみを職務とした。その寄宿舎に子規がいたのである。子規は同郷の友人らを誘い、盛んに運座興行していた。そこに監督である鳴雪も加わり、ついには俳句の虜になってしまったのである。明治二十五年、四十五歳のときである。二十年の歳の差にもかかわらず、鳴雪は子規を師と仰ぎ、以後俳句に邁進した。戯れに一句詠んでいる。

詩は祖父に俳句は孫に春の風　　破蕉

「破蕉」とは当時使用していた号である。少年時代に鳴雪は松山の大原観山から漢学や漢詩を学んだのであるが、観山は子規にとって母方の祖父にあたった。よって孫とは子規である。こうして鳴雪は偶然のなりゆきによって、子規と交わり、俳句と関わりをもつに至った。

本格的に俳句に打ち込むときに、号も「破蕉」から「鳴雪」と改めた。河東碧梧桐によれば、「明治二十五年夏か秋頃」である。「何事も成行きに任す」という意味である。明治維新を挟んだ激動の半生は、結局なりゆき任せであったという述懐か、あるいは人生は所詮なりゆき任せであるという諦観か、いずれにしても鳴雪が、そのようなものとして自らの来し方を認識していた、ということであろう。のちに鳴雪は「内藤素行を生んだのは僕の父母で、内藤鳴雪を造つたのは子規子である」と述べている。

二、ネーハン像

鳴雪は子規らと俳句に熱中した。ある日のこと、根岸の汁粉屋の二階で句会を催している最中に、浅草方面で火事が起こった。半鐘が鳴りだし、二人があわてて帰宅したので、句会の後に鳴雪は子規らとともに火事見舞いに行った。さいわい類焼は免れたのであるが、俳人たちは、茶碗酒を片手にさっそく火事の句を作りはじめる。後片付けをよそに、見舞われた当の主人も俳句を作る。周囲の人々が呆れ顔をしていたという。

句会に熱中するだけでなく、連中はさかんに俳論を戦わせた。鳴雪は「議論ほど面白くまた得意なものはなかった」と述べているように、若年の頃より議論をするのが好きであった。漢学で培った知識が豊富なうえに、頭の回転が速く、早口でもあったらしい。伊予弁の甲高い声であった。もちろん子規も負けてはいない。そのために、ときには「鳴雪子規両氏の議論相衝突し龍拏虎擲殆んど相容れざる」こととなった。「甚しきは喧嘩に近き争ひ」をしたのである。つい言葉が過ぎて、子規が年長の鳴雪に俳句を添えて詫び状を出すということもあったらしい。堅苦しい議論も、最後は一同の哄笑とともに終わるということもあった。

議論好きと言えば次のような話がある。後年のことであるが、鳴雪は帝大教授である井上哲次郎博士から、俳句についての講演を頼まれた。講演後のテーブルスピーチで、この時とばかりに鳴雪一流の世界観を臆することなく披露したところ、井上が不機嫌に「哲学といふものは素養もなしに直ぐ分るものではない」と言い放った。負けることなく鳴雪がこれに言い返す。ついに同席の上田萬年《かずとし》が、「まあまあ」と中に入って事を収めた。三人三様の人柄そのままの一景であったという。

さて明治三十二年三月である。京都の相島虚吼を迎えて、虚子宅で句会が催された。席題は「涅槃会」である。句会のあと、酔余の興に、当時青年に賞翫されだした裸体画を悪口しつつ、絵を得意とする鳴雪が、即興で「姉はん像」と「西洋の姉はん像」を描き、一同の大喝采を浴びた。「姉はん像」とは、横たわっている芸者の絵である。また「西洋の姉はん像」は西洋婦人の裸体を描いたもので、「極端なる曲線の配合は為山、不折跣足に候」と報告されている。為山は下村為山《いざん》、不折は中村不折《ふせつ》、ともに画家であり、俳句仲間であった。子規もおもしろがり、病軀を俥に乗せてわざわざそれを拝みにきた。また阪本四方太も来たという。それぞれ「ネーハン像十句」をものにした。

曲線のたふとかりけりネハン像　　子規
フランスのネーハン像や外光派
ネハン像臍うつくしく尻太き　　四方太

三、美的感想を詠う

鳴雪によれば、俳句は「美的感想」を詠う詩であった。人間の現実生活に根ざした感想はきわめて複雑であるから、それを俳句で表現することは困難である。そこで、俳句のような短詩形には、「斯様な現実生活とは割合に関係のない、寧ろ現実生活を超越した或る種の感想の方が、恰も適応してゐる」。そのような感想が美的感想であった。それは、現実生活上の利害得失からは無縁の感想であった。

この意味において、鳴雪にとって俳句を詠むことは、音楽を聴いたり、絵画を鑑賞したりすることと同様であった。「現実生活とは関係なき心持となることが出来、進んでその慰めと休息とを得ることが出来る」のである。「本来僕は俳句を以て全く一種の遊戯とするものである」と述べているように、俳句は「高尚なる遊び」であった。

鳴雪の「昔好き」「歴史趣味」は、このような美的感想を詠う高尚なる遊びという俳句観と一体であった。歴史趣味は、鳴雪の句の傾向ともなった。

朝拝や春は曙一の人
行春のなつかしきもの枕かな
名乗して関越ゆる日の袷かな
水干は水より白し今朝の秋

「春は曙」は、『枕草子』からとられた言葉であろう。「一の人」とは、摂政関白の位にある人のことと推測する。衣冠束帯に威儀を正し、年賀の朝拝に参内したのか、「春は曙一の人」という、省略のきいた言い方もめでたい。「行春」の句。「ホトトギス」では、第十四号（明治三十一年二月）から蕪村の句を取りあげ、鳴雪や子規らが解釈をし、議論している。この句からは、蕪村の〈誰が為の低き枕ぞ春の暮〉を思い出す。掲句の「枕」、ただの枕とも思われない艶っぽさを感じるのである。三句目。『鳴雪自叙伝』には、家族らとともに箱根の関を越えた少年時代の話が語られている。関を越える際には、衣服を改め、行列を整える。「内藤助之進」と名乗って通過するのだ。初夏のころであろう。「袷」に着替えて、心身ともに新たな気持ちで関所を越えたのである。最後の句である。「水干」とは狩衣の一種で、水張りにして干した布で作られる。その水干が水よりも白いというところに、立秋の季感が表現されている。歴史趣味に基づく感覚的な句である。

しかし、歴史趣味を露わにした句は、既成の伝統的情趣を前提としているかぎり、陳腐な作品に陥りやすい。鳴雪は新聞や雑誌で多くの選を担当していたが、その歴史趣味が災いしてか、古くさい陳腐な句ばかり採るという投句者の声もあったらしい。ここに美的感想を詠う鳴雪の句の危うさがある。

歴史趣味は本来、句として表に出すべきものではなく、あくまでも胸中に秘すべきものであろう。そのためと言うわけではないが、鳴雪の美的感想が今の景に向かうとき、かえって面白い句が生まれるようだ。印象鮮明な今の景でありながら、その景は過去へとわたしたちを誘うのである。現在の景は過去の景と重なり、平明でありながら奥の深い、ゆとりのある句となる。

夕月や納屋も厩も梅の影
灯のさして菖蒲片寄る湯槽かな
五月雨に燭して開く秘仏かな
夏山の大木倒す谺かな
水馬かさなり合うて流れけり
墓拝む後ろに高き芒かな
目白籠抱いて裏山ありきけり
初冬の竹みどりなり詩仙堂
湖を抱いて近江の小春かな
大雪の谷間に低き小村かな
曳き上げし鯨の上に五六人
から〳〵と日は吹き暮れつ冬木立

「夕月」の句。梅の清冽なイメージというより、むしろある種の温かさがこの句にはある。

香りを言わないで、「梅の影」を詠んでいるからであろうか、あるいは「夕月」「納屋も廐も」という言葉によるものであろうか。「夏山」の句。無造作で大摑みな詠みぶりである。まさに夏山にふさわしい力強い一句。大きくて深い山である。その奥から響いてくる「谺」が気持ちがよい。「初冬」の句は、いかにも初冬の詩仙堂にふさわしい一句。竹のみどりが鮮やかであり、主人である石川丈山の人柄までも想像させる。この句を詠んだとき、鳴雪はまだ詩仙堂を訪ねてはいなかったという。したがって、これも想像句ではあるが、歴史趣味に淫していないところがよい。「曳き上げし」の句は、浜に横たわる鯨の様子を詠んだものであろう。当時の鯨漁の一端が目に見えるようである。

これらの句には、古俳諧の趣と呼吸を取り入れたような面白さがある。そこには寛ぎがある。鳴雪のもっとも良質な句は、このような句ではないかと思われる。

最後に、「汽車」を詠んだ二句を挙げておこう。子規から、「明治の事物其眼中に映じ来れば毫も其中の美を探らず只一概に之を厭忌するの傾向あり」とされた鳴雪にとっては珍しい素材であるが、当時の「汽車」の様子が偲ばれて、捨てがたい味を出している。

駆けぬける汽車の嵐や夏木立
行水のうしろを通る夜汽車哉

第二章　赤星水竹居——実業家のゆとり

「ホトトギス」の発行所が、真新しい東京丸ノ内ビルディング六階六二三区に転居したのは、大正十二年一月二十六日である。この丸ビルは、当時の最大かつ最先端のビルであった。建設費の総額は当時の金額で六百万円、アメリカのフラー社の工法を取り入れて建設された。このビルを建てたのが、赤星陸治、すなわち赤星水竹居である。

水竹居は明治七年(一八七四)一月九日に、熊本県八代郡に下山群太の次男として生まれ、まもなく赤星家の養子となった。第五高等学校から東京帝国大学に進んだ。高等学校では英語を小泉八雲から学んでいる。明治三十四年政治学科を卒業。ただちに三菱合資会社に入り、丸ビル建設のときは地所部長の地位にあった。のちには三菱地所株式会社の初代会長となる。亡くなったのは、昭和十七年(一九四二)三月二十八日、六十八歳であった。

一、大家と店子

水竹居と虚子は大家と店子の関係にある。水竹居によると、「イの一番に申込んで来た店子の中に俳人虚子があつた」。大正十一年のことである。

私はこれは有難い人が飛び込んで来た、一風変つた店子で面白いとは思つたが然し牛込の船河原町の自分の家に事務所を構へて、箱火鉢を撫でながら日本机に向つて俳句の選をしてゐる人が、この文明の尖端を行く丸ビルの中に飛び込んで来て、第一家賃は高いし総てが洋式で種々不便な事もあらうし、あとで後悔されてはと思つて一応私が親しく会つて話した上のことにしようと、〔中略〕一日私の事務室に足を運んで貰ふことにした。

この面接試験に合格して、「ホトトギス」は、丸ビルに本拠地を定めることができたのである。水竹居はのちに、「高僧が市に下つたやうなもの」とその喜びを述べている。かつて虚子は、子規の心配を押し切って、「ホトトギス」を松山から東京へと移転させている。この英断により、松山では三百の読者を得るのにも苦しんでいたのが、たちまちに千部を超え、二千部三千部となって、収益を増したのである。虚子には先を読む目があったらしい。丸ビルへの入居を思いついたのも、東京駅の真向かいにあり、鎌倉から通うのに便利という理由だけではない。日本の中心に位置する最先端のビルから、「ホトトギス」を全国へ発信するという、目に見えぬメリットを考えてのことと思われる。

水竹居はもともと文学青年で、すでに高等学校時代から虚子の名を慕い、いつかはこの人に接してみたいと思っていたという。丸ビルの縁により、虚子と昵懇になったのであるが、俳句の弟子となったのは、大正十四年の秋であった。雑詠の初入選は、昭和二年の三月号においてである。

歳の市当用日記買ひにけり

七月号以降はほぼ二句入選、十二月号では四句入選を果たした。この著しい進境ぶりは、虚子のいう「一と度事を始めた以上或る点まで到達しなければ止まない御気象」によるものであろう。

あひ年の先生持ちて老の春

同年の生まれということもあり、師と弟子でありながら、虚子によれば、「百年の知己も及ばないくらい」の老友になったのである。その幸福をしずかに反芻しているような一句。このような親密な交わりの中から、名著『虚子俳話録』(昭和二十四年)が生まれるのであるが、その子細は省略する。

虚子は水竹居の死に際して詠んでいる。

自ら花の盛りを贏《か》ち得たり　　虚子

二、農場から丸ビルへ

水竹居が経営者として最初に手腕を発揮したのは、岩手県の小岩井農場においてであった。岩崎小弥太の命により、実質的な場長として三十二歳の若さで赴任したのである。水竹居は「当時法学士で農場に働いたのは、私が最初であらう」と述べている。農場の幹部は、先進的で優秀なエリートではあったが、その仕事ぶりはとかくお役所風であったらしい。足かけ六年、水竹居は農場の改革に邁進した。

水竹居は、職名の改正や給与の改定をおこなった。場員の生活面にも気を配り、借財の返済方法にまで立ち入って手を差し伸べた。共済会や共済施設を改善し、また嘱託医の制度を新たに設けた。趣味、娯楽、運動などの会合をしばしば催して、場員相互の融和をはかった。さらに水竹居は、ガリ版の場内広報誌「小岩井週報」を発刊し、毎号ほとんど休まず巻頭に筆を執った。これは、百名を超えていた場員に、各種の情報やちょっとした娯楽を提供しただけでなく、小岩井農場の気風、すなわち「小岩井精神」を醸成するうえで、大きな役割を演じることになった。

その後、水竹居は東京に戻り、都心丸の内の経営に尽力することとなる。その場所は、丸の内が三菱の所有となった明治二十三年より、「三菱ヶ原」と呼ばれる大原野となっていた。赤レンガの東京府庁舎の建設によって、ようやく丸の内の再建が始まったのであるが、そのような変化はごく一部の地区に限られており、その他の部分は草原のままであった。「秋になると、陸軍省の糧秣廠に秣を納入する草刈達が来て、そこらに生えてゐる青草の入札を行つた」が、当時の金額で三、四百円にもなったという。

そこにビルを建てることになり、大正六年、水竹居は調査のためにアメリカに出張した。その成果であろうか、完成した丸ビルには、「企業の大小を問わず、同じスタイルのドアに社名を表示し、一見同じような会社が長い廊下の両側に並ぶという革新的な新機軸」を採用した。これは「当時の常識からすれば全く異端」で、「企業長屋」と揶揄された。

丸ビルには、多いときには、一日五万内外の人が出入りした。さまざまな業種の店子だけでなく、電気、水道、ガスなどの諸設備をも考えると、ビル一棟で相当な地方都市にも匹敵した。水竹居は、いわば市長として、これを遺漏なく管理運営するのであるから、大変なことである。

水竹居は、社員には「質実剛健」の「三菱精神」を説いて倦まなかった。それはまた「内剛外柔」の精神でもあった。例えば、標語を掲示して人々を上から指導するよりも、悪い状態を見せないで、あるべき状態にいつも保っておくことの方が効果的と考えた。人々は指示されなくても、無意識に、紙屑は紙屑入に、痰唾は痰壺に吐くようになると言うのである。その結果、管理の手数も省け、費用も減少する。人情の機微に通じた、水竹居らしいやり方である。

昭和十五年に水竹居は詠んでいる。

夏草の丸ノ内より四十年

夏草の生い茂っていた昔を思えば、隔世の感もひとしおである。なお、「ビルディング」を略して「ビル」と呼ばれるようになったのも、丸ビルをもって嚆矢とするらしい。

三、虚無僧になる

水竹居は明暗流の尺八を長年学んでいた。その年季にもかかわらず、まだ一度も門前に立ったことがないのを遺憾としていた。本山である京都の東福寺から虚無僧となる免許を得ていながら、妻の猛反対によって実現できなかったのである。妻の死後三年たって、ようやく念願の虚無僧姿になり、尺八を吹いて近隣の家を回ることができた。冷たくあしらわれるのであるが、お金をくれる人もいないではない。そのときには、「胸に懸けてゐる箱の中から扇を取り出し、パチリと一と間《ま》開いて、その上に一銭銅貨を受取り、丁寧に押戴いて箱の中に納め」る。作法に則った所作である。帰宅して箱をひっくり返すと、一銭銅貨が十枚出てきたという。

酔狂ではあるが、もちろん悪ふざけではない。楽しみつつも、おのずから節度があり、ほしいままに振る舞うのとは異なる。本人はいたって真面目なのである。尺八を手掛けるからには、虚無僧となって家を回るところまでやり遂げないと、気が済まないのであろう。

水竹居は、俳句や尺八にかぎらず、剣道、弓道、ゴルフ、謡等、多くの趣味をもっていた。また禅にも親しんでいる。しかし、多才ではあるが、あれこれ手を出すつまみ食いの人ではないし、何でも要領よく器用にこなす旦那芸の人でもなかった。高等学校、大学で計三回落第しており、何ごとも最短最速を旨とするような、秀才肌のエリートではない。自分は頭が悪いと自覚しているような人であった。努力ひと筋、少々回り道であっても、本格的に取り組まないではおれないという真面目で愚直な人であった。

当時としては珍しく、水竹居は自動車で句会に現れることが多かった。句会後は虚子が同乗して帰るのであるが、全没のときには、怒りのあまり虚子先生を置き去りにしてしまうこともあったらしい。佐藤漾人《ようじん》が伝える逸話である。子どものような率直な振る舞いも、水竹居が多くの俳人から愛された理由の一つであろう。陽性の人であった。

「ホトトギス」に水竹居の「信条」が吐露されている。「人は、健康に生れ、健康に活き、健康に死する。つまり人は健康の二字と終始するものだと云ふ事を、堅き信条として居る」と言うのである。そのためか、水竹居は、毎朝、独自の健康体操を欠かさなかった。水竹居の多方面にわたる活動を支えた基盤が、経済的豊かさにあることは言うまでもないが、それに加えて、健康な心身に、さらに言えば、活力ある健全な精神にもあった。趣味を可能にする精神的なゆとりは、そのような健康と一つのものであった。

四、ゆとりのある句

水竹居の句も、そのようなゆとりから生まれた。虚子はその句について、「何の飾り気も無く、至つて素朴な点に、一家の風格がある」と述べている。無技巧に見えるところは、「却つて大きな技巧の存するところ」であり、「人の企及し難いところ」であるとも。例えば次の一連の句を見てみよう。なかでも「砂利へりて」の句、「三ツ山」の句、無技巧に見えて、省略の効いた相当巧い写生句である。

酒呼べば片々と梅散りにけり
洗ひたる硯載せ行く掌
風鈴の鳴らねば淋し鳴れば憂し
砂利へりてまばらに松葉牡丹かな
避暑の子の眼鏡をかけて賢こさう

裏山に人の声する昼寝かな
三ツ山の代る〳〵や稲架の蔭
菊作ることを覚えて老楽し
峰二つ乳房のごとし冬の空
埋火の遠くの事を想ひけり

水竹居はゴルフの句を多く残している。当時としては珍しい句材ではなかろうか。若い時分には、雪の日に赤い球をもって出かけることもあった。

ゴルフ野の凹み凹みや春の水
ゴルフ野や只一面の草紅葉
少しづゝながくなる日やゴルフ場
若草を踏みてゴルフも久しぶり

最後に、二・二六事件を詠んだ異色の句を紹介したい。事件さ中の内幸町には、鉄条網が張ってあり、「日比谷公園の方には市街戦の戦車が二台徐々に議事堂の方に向かつて進んでゐるなど物々しい状態」にあった。

帝都今日雪霏々として戦車ゆく

この句は「ホトトギス」（昭和十一年五月号）に掲載され、昭和十八年刊行の『雑詠選集 冬之部』にも選ばれている。ところが虚子選を経て昭和二十五年に世に出た『水竹居句集』には、なぜか入集されていない。

第三章　本田あふひ——男なら総理大臣

本田あふひは、伯爵坊城俊政《としただ》の六女として、明治八年（一八七五）十二月十七日に東京に生まれた。本名は伊萬子《いまこ》。俊政は、観世流能楽師である初代梅若實に師事していた堂上公家である。いとこである岩倉具視と連携して、維新によって没落状態にあった能楽復興に多大な貢献をした。あふひはいわば能楽の空気を吸って育ったお姫様であった。明治二十八年、華族女学校を卒業し、三十四年、本田親済《ちかなり》に嫁いだ。親済は後に男爵を襲い、貴族院議員を務めている。あふひが俳句に入門したのは、大正に入ってからである。持ち前のバイタリティで、長谷川かな女と並ぶ「ホトトギス」の女性俳人として、早くから活躍した。亡くなったのは、昭和十四年（一九三九）四月二日、六十四歳であった。

一、鎌倉能楽事情

鎌倉を舞台に、能楽があふひと虚子とを結びつけた。

虚子が東京から鎌倉に移り住んだのは、明治四十三年十二月である。しばらくは、「ホトトギス」の執筆等、仕事に忙殺されて、謡うことも鼓を打つこともほとんどできなかった。ところが大正元年十一月、虚子は腸の病気にとりつかれてしまう。静養をもっぱらにする他はなく、それだけが理由ではないが、ついに「ホトトギス」の大正二年二月号は休刊となってしまった。

「空前の出来事」である。

そのような折に、虚子は本覚寺において催される宝生流の謡曲大会に出席することになった。四月三日である。その大会には、清嘯会《せいしょう》という本田親済の連中も出席することになっていた。松本長《ながし》門下である。まず虚子の妻であるいとが、本田夫人であるあふひの知遇を得た。その後、虚子も本田邸を訪ね、あふひに初めて会った。虚子はあふひと妻と「蝉丸」を同吟したという。四月三日の大会では、虚子は「桜川」のワキを謡い、あふひは「隅田川」のシテを謡った。「うまいと思つた」と虚子。こうして本田家との交際が深まった。ともに小鼓の稽古をした。虚子は大鼓の稽古を復活した。謡のみならず、これらの稽古を通じて、鎌倉、横須賀を中心に、虚子の能楽方面の人脈が広がったのである。

ところで、親済には妹がいた。その一人米子は島村久に嫁ぎ、その下の妹である清江は、皿井立三郎（旭川）に嫁いでいる。島村久は、もともと外交官としてアメリカなどに赴任していたが、明治三十二年に鴻池銀行の理事となり、住まいは関西にあった。松本金太郎門下で宝生流の舞の先達でもある。この久が鴻池銀行の理事を辞し、鎌倉へ引退したのが、大正二年末であった。米子はその夏に鎌倉に来て、太鼓を打ち笛を吹いている。転居は親済の誘いによるものかもしれない。

久と米子の間には明治二十六年に、長男である元《はじめ》がアメリカで生まれている。これまで、元については、あふひの「甥」であるとか「義弟の長男」などと書かれてきた。しかしこれらの言い方は正確ではない。元はあふひの甥ではなく、夫である親済の甥である。

さて鎌倉に能楽堂を建てる話は、大正三年正月二日に、虚子が言い出したものらしい。本田邸においてである。

「鎌倉に舞台を造りませう。」と言つた。

「造りませう。」と本田氏は答へられた。

其処で巻紙を取り出して心当りの人名を列記して上に大凡の金額を割当てゝ見た。立どころに数千円に達した。

本田親済、島村久、それに大鼓を虚子とともに稽古していた富岡俊次郎、この三人が中心となり、この話が具体化に向けて急速に動きだした。七月二十六日には舞台開きの運びとなったのである。当日には宝生九郎、松本長らが出勤した。この能楽堂は大正十二年九月の関東大震災により、倒壊してしまうことになる。またその前年には親済が五十八歳で亡くなっている。「鎌倉能楽会の盟主の観があつた」あふひであるが、ついに鎌倉を引き揚げ東京へと移った。

二、男なら総理大臣

昭和十四年にあふひが亡くなったとき、虚子は第三回日本探勝会の一泊吟行で、千葉県の銚子にいた。句会場の宿に「ハハゴ一ジハンシスホンダ」という電報が届いた。「あふひ女史の訃を受け取る」という前書で、

目の前の波に霞みて在すらん　　虚子

「ホトトギス」七月号に追悼座談会が掲載された。あふひの人柄がいきいきと語られている。あふひは、即意即決実行という人であり、一日の二十四時間を、二十四時間以上に使っていたと思われるくらい、精力的な人であった。何事もやり始めると、徹底的にやり通さねば気の済まない人であった。しかも人様の上に立ってやっていくという勢いがあり、そのために、能楽や俳句において、あふひ中心の会が多く生まれた。「人を惹付ける力が有つた」（虚子）とも言える。

それらの会の中にあって、氷川町のあふひ邸で催された「家庭俳句会」は、府下淀橋のかな女邸で開かれていた「婦人俳句会」と並ぶ女性主宰の句会であった。当初は、亡き島村元の妻である和子も参加している。いつの頃からか虚子の「句謡会」もあふひ邸で開かれるようにな

った。

人を使う名人であった。「どんな社会的に地位のある人でもあふひさんに何かの事で使はれない人は無かつたと思ふ」（虚子）。「兎も角もあの人にかかつてはかなはぬ」と言われもした。逓信省の富安風生も、帝大教授の山口青邨も、三菱地所の赤星水竹居も、あふひに手もなくやられた。

風生はあふひから、「謡が出来なければ、あなたは鼓がいいわ、なさらなければ遊んで上げないわよ」とあしらわれた。青邨は、謡の稽古を断りたいがために、それなら太鼓を打ちましょうと言い逃れたつもりが、太鼓を教わるはめになってしまった。青邨によると、「太鼓は貸せません、撥だけは貸して上げる、お宅では太鼓の代りに座布団をお叩きなさいといふ。スト・スト・ストと座布団を叩いた。悲しかつた」。あふひは、観方によっては、「無理が通れば道理引込む式で押切つて来た」（坊城董子《のぶこ》）とも言えた。「無軌道と思はれるところがあつた」と虚子も追悼座談会で述べている。

天真爛漫で、明快に喋る人であった。大まかでものに拘泥しないところもあった。「逓信省経理局長」であった風生宛ての葉書の上書には、「軽リ局長」と書かれていた。顔に吹き出物ができたときには、人目を気にすることもなく、塗薬で白くなった顔で舞台に上がり、見る人をぎょっとさせた。

畠山一清は、荏原製作所の創立者であるが、宝生流の謡を通じてあふひとは昵懇の仲であった。昭和三十二年の追善謡会で、あふひを偲び、次のように語っている。

ある時などは夜の十二時ごろに本田さんから電話が掛つてくる。もう寝ましたというと、一寸起こして下さいという。娘ども眠い目をこすりこすり電話に出ると、これからお稽古に行くから火鉢に火を入れて置きなさいという強引な命令です。そのうち表へ自動車が着くと、タクシー代を払いなさいよと云いながら上つて来る。

武蔵野探勝会が目黒不動で催されたとき、門の脇にいた占者に手相を観てもらった。菊池まさをによると、「占者はつくづくと見て、この方は男なら総理大臣になる人だ」と言ったそうである。とにかく大変な女性であったらしい。

しかし、あふひの現実は、とりわけ晩年は「御家庭的に御不幸の事の多かつた御生活」であった。昭和十一年には長男が亡くなっている。経済的にも逼迫していたらしい。またあふひの首には大きな瘤があったのであるが、これが悪性であったらしい。全身性の癌に苦しむこととなった。あふひは、このような苦況に耐えながら、積極的に前向きに、明るく振る舞うことができた人であった。

三、無常観

あふひが俳句を始めたきっかけは、島村元の相伴だと言われている。大正二年のことであろうか。「あふひ」という号は、坊城董子によると、大正三年七月、「鎌倉能楽堂舞台抜き演能出演の砌高濱先生御命名のもの」という。

あふひの句が「ホトトギス」に初めて登場するのは、大正五年八月号の雑詠においてである。

暁や瓜に張りたる蜘蛛の糸
瓜もげばてんとう虫の巣立哉
眼に足らぬでゞむしの居る胡瓜哉

「瓜」や「胡瓜」にじっと目をこらし、「蜘蛛」「てんとう虫」「でゞむし」を見いだした、という体の愚直な写生句である。虚子の教えを忠実に守っているような印象を受ける。また小さな生き物を詠んでいるのは、単なる偶然であろうか。

塊を頂き出でし土蜂かな
げぢ〳〵の足をこぼして逃げにけり

羅の大きな紋でありにけり
柴漬をおもむろに去る海老のあり

これらも写生に基づいた堅実な句。「柴漬」の句の「おもむろに」、簡単そうでなかなか出て来ない言葉である。しかし、あえて言えば、これらはあふひでなくても詠める「ホトトギス」の句であろう。

あふひの句でよく知られているのは、次の一句である。昭和七年三月号の「ホトトギス」に掲載された。

屠蘇つげよ菊の御紋のうかむまで

あふひが、一度「ホトトギス」の巻頭になりたいものだ、と言ったとき、虚子は、この句を挙げて「あなたは其一句の持主であるといふことが何よりも誇ではありませんか」と言ったという。「菊の御紋」と言うからには、もしかすると御下賜の品かもしれない。その御紋が杯の底に描かれていて、屠蘇を注ぐにつれて、その御紋が浮き上がってくるのだ。いかにも正月にふさわしい一句である。

しぐるゝや灯待たるゝ能舞台

これは能楽に親しんだあふひらしい句。時雨の能舞台の一句に、「灯待たるゝ」が、命を吹き込んだ。いつの頃からかは明確ではないが、女性が能を舞うことは、長く許されていなかったという。そこで、あふひは大鼓、小鼓、笛、太鼓の囃子方にまわった。のちにはこの四拍子の達人となった。あふひの死後、松平俊子は、あふひは婦人演能の実現ということで大きな業績を残したと、その死を悼んでいる。

この二句からは、あふひの出自やその環境がうかがえ、その意味では、あふひによってしか詠めない句と言えよう。

しかし別の側面があふひの句にはある。

虫聞けば老の近づく思ひかな
みゝづくの昼の黴に飼はれけり
秋風に心ゆくまゝ佇みぬ
かゞんぼのかなし〳〵と夜の障子
追うて来る落葉の音にふりかへり

この雨のこのまゝ梅雨や心細
幾度か同じ蜘蛛ゐる夜は淋し
牡丹のくづれんとして今日もあり

いずれも寂寥と不安が感じとられる句。最後の句は昭和十三年七月号に掲載されている。続く八月号、九月号の雑詠に句は掲載されていない。体調不良により、投句できなかったのであろう。この「牡丹」の句、牡丹に寄せて、みずからの現状を冷徹に見ているかのようである。

昭和十四年、あふひは欠詠することなく、毎号雑詠へ投句している。四月号では三句入選であるが、締切の期日に間に合わなかったようで、雑詠欄の最後に掲載された。続く五月号は、「絶筆句帳より」の採録で次の二句が入選している。死を前にした淋しい句である。

又病んで春待つ甲斐も枯蓮
一筋の戸樋の雪解のあるばかり

亡くなる前年、昭和十三年の十月号に、あふひは〈草々のおんなじ色に枯るゝもの〉、という自作の句について語っている。「冬枯れの荒野の景色を詠んだもので、見渡す限り狐色に枯れ果てた淋しい景色といふだけ」の句である。続けて言う。

私は幼いとき田舎の別荘に育ちました。その頃いろ〳〵の話をきゝましたが、祇王祇女の話から

萌えいづるも枯るゝも同じ野辺の草

いづれか秋にあはで果つべき

といふ歌を教へられました。

それは秋草に限らず人間社会でも貴賤貧富を問はず、すべて生あるものは必ず滅すといふ無常観を詠んだ歌でありますが、この句を作る場合そんな心もちがふと冬の淋しい一色に枯れた景色を見てゐるうちに蘇つて出来たものでございます。

寂寥感の漂う晩年の句は、必ずしも病気の進行がもたらしたものではないであろう。快活に振る舞うあふひの別の一面でもあった。その寂しさの根底には無常観が流れている。たしかに謡曲はこの世の儚さを謡うものでもあった。

第四章　鈴鹿野風呂——生涯三十六万句

虚子が「ホトトギス」に雑詠を復活させたのは、明治四十五年七月号である。大正二年には、碧梧桐の新傾向句に対抗して一句を詠んだ。〈春風や闘志いだきて丘に立つ〉。虚子は「ホトトギス」の経営に全精力を傾注することとなった。「ホトトギス」の進むべき方向を明らかにし、新人の発掘も怠らなかった。こうして「ホトトギス」の勢力が次第に増していくのであるが、雑詠の投句者は、はじめはそれほど多くはなかった。とりわけ気になるのは、関西からの投句者の少なさである。これという「ホトトギス」系の俳誌がなかったからであろう。大正九年十一月になって、ようやく一誌が創刊された。鈴鹿野風呂と日野草城らを中心とした「京鹿子」である。

野風呂は、明治二十年（一八八七）四月五日、京都に生まれている。本名は登。実家は吉田神社の神官をつとめる家柄であった。鹿児島の第七高等学校造士館を経て、京都帝国大学に進み国文学を専攻した。卒業後しばらくして鹿児島の川内中学校に赴任したが、大正九年、武道専門学校の教授として京都に戻ってくる。「京鹿子」を創刊し、昭和七年からはその主宰として、多くの俳人を指導し育てた。亡くなったのは昭和四十六年（一九七一）三月十日、享年八十四歳であった。三十六万句とも言われる、膨大な量の句が残された。

一、「京鹿子」の創刊

野風呂の「ホトトギス」の初入選は、大正九年一月号である。鹿児島から投句している。

ちり紅葉かさりこそりと枝を伝ふ

「野風呂」という俳号は、野風呂が鹿児島の紫尾山へ生徒を連れて行ったときのことに由来する。「私の泊った宿が柑橘多く、野天風呂で湯桶を外へ持って出て風呂へ入った。その時月が出ていてザボンが累々と実っており、素晴らしい風景で忘れられず、野風呂と名乗る事にした」。「登」をもじったのである。大正七年のことであった。

「京鹿子」が創刊されるまでの経緯を簡単に述べよう。野風呂が帰洛した大正九年、京都では第三高等学校の学生であった草城が、俳句に熱心に取り組んでいた。明治三十四年生まれで、野風呂より十四歳ほど年下である。草城はすでに大正八年に神陵句会を結成していた。虚子の意を汲みその後ろ盾になったのが、「ホトトギス」の俳人、岩田紫雲郎である。三井銀行の福岡支店から、京都支店へ転勤してきたばかりであった。大正九年、草城は神陵句会を京大三高俳句会へと発展させ、二月二十三日、入洛中の虚子の歓迎句会を催した。京都帝大の医学生である五十嵐播水が、掲示板によってそれを知り、虚子の顔を見に来た。九月には第三高等学校の山口誓子が京大三高俳句会に参加した。その九月下旬に草城は野風呂宅を突然訪れ、たちまち意気投合。十一月には早くもこの二人に紫雲郎を加えた三人を中心にして、京大三高俳句会の機関誌として、「京鹿子」が創刊されたのである。二枚の紙の表と裏に印刷し、それを重ねて折っただけの、わずか八頁の冊子であった。

「京鹿子」という誌名は草城によるものである。バラ科に属する「京鹿子草」からとられた。また覇気に満ちた創刊の言葉「――路――(宣言)」も、草城が書き上げた。「自由の太陽のもと、いつの日か我等はついに絶巓へ到達せん」と高らかに宣言している。草城は「ホトトギス」大正十年四月号にて、雑詠巻頭となった。弱冠二十歳である。野風呂は大正十一年一月号にて初巻頭、八月号にて二度目の巻頭となった。この二人をはじめとして、幾年もたたないうちに、「ホトトギス」の雑詠欄の上位に「京鹿子」の連中の句が掲載されるようになった。「京鹿子」は名実ともに「ホトトギス」の関西の拠点となったのである。

「京鹿子」には、草城を中心に若いエネルギーが充満していた。ときにはハメを外した、受け取り方によっては無礼と思われるような文章も掲載された。草城が草した「敢て江湖に問ふ」という一文は、内容に問題ありとして、虚子の要請により掲載取りやめとなった。本家である「ホトトギス」においても、大正十一年に「東大俳句会」が結成され、秋櫻子や素十などの若手が活躍することになるのであるが、虚子先生のもとにあって、「京鹿子」ほど自由には振る舞えなかった。「京鹿子」は昭和七年秋に、同人誌的性格を一変し、野風呂の主宰誌となる。しかし「京鹿子」にみなぎるこの自由闊達な精神は、いささかも変わることがなかった。

二、「ホトトギス」の譲渡

「京鹿子」の勢いを象徴的に示しているのは、「ホトトギス」譲渡の一件である。松井利彦によると、虚子は目をかけていた島村元の死と関東大震災後の混乱により、東京での同誌の経営に自信を失い、「ホトトギス」を手放す決心をした。大正十三年二月に、虚子はその決意を胸に一人で京都に赴いている。これについては、「取るに足りぬ、蜃気楼に似た流言であろう」（村山古郷）という見方もあった。しかし松井は、晩年の草城から直接この話を聞いているし、また昭和四十一年に行われた松井と野風呂の対談においても、この件について野風呂が具体的に証言している。譲渡の話は事実であった。その具体案とは次の通りであった。

「ホトトギス」を水野白川に五万円で譲渡する。白川は当時「京鹿子」のパトロン的地位にある俳人であった。同誌の編集は草城がおこなう。虚子は毎月百円の選句料で雑詠の選をおこなう。「京鹿子」の全面的協力を前提とした譲渡案であった。

譲渡先である水野白川は、男爵である水野忠幹《ただもと》の七男として、明治十九年（一八八六）六月五日に生まれている。本名は武である。水野家は結城水野家の分家であり、かつては旧和歌山藩の家老職として、紀伊新宮で三万五千石を領していた。白川は一時、鴻池銀行の理事である大阪の芦田順三郎の養子となっており、虚子の紹介で「京鹿子」に登場したときには、まだ芦田を名乗っていた。水野家に復籍をしたのは、大正十一年の早い時期と思われる。水野武として「京鹿子」の同人となった。「京鹿子」の後援者でもあった。十二年、南洋の島々の視察のため日本を留守にした際には、京都の岡崎に新築した白川荘の二階は、「俳部屋」として「京鹿子」の連中に開放されている。野風呂によると、白川は水野家に戻る際、四十万円もって出たという。昭和三年には、兄の死によって襲爵し、名前も「忠武」と改めている。

水野家は一時鎌倉に住んでいたらしい。白川の母である鈔子《しょうこ》と虚子は、謡を通して親しい間柄であった。鈔子は長年絵筆にも親しんでおり、酒井抱一《ほういっ》の裔にあたるというが、詳細は不明である。母の影響で白川も「柳窓」と号して絵筆を執っていた。大正二年一月十九日、虚子は腸を患い床に伏していたが、白川らを病床に招き小句会を開いた。

死神を蹶《け》る力なき蒲団かな　　虚子

その日〳〵死ぬる此身と蒲団かな

虚子にとっては暫くぶりの句作であり、「芦田柳窓」にとっては、はじめての句作であった。

大正十一年三月、虚子は島村元を連れて九州に赴いた。そのときには、白川荘に立ち寄っている。急遽白川も虚子らと同遊することとなり、虚子らの後を追った。途中で元は不幸にも病を得て袂を別つこととなったが、白川は虚子とは終始行動を共にした。この旅が終わって、「白川」という俳号が虚子から与えられたのである。

ということで、虚子と白川との間にはすでに確かな信頼関係が醸成されていた。松井の書くところによると、譲渡をめぐる話し合いは、人の出入りの多い白川荘ではなく、吉田にある白川の自宅で行われたようである。野風呂と草城も同席した。白川は虚子を待たせたまま、大金の調達のためにただちに大阪に赴いた。その間虚子らは八瀬の平八茶屋で休んでいた。しかしすでに芦田家から離れていたこともあってか、五万円の用立てに失敗し、結果的に「ホトトギス」譲渡の件は流れてしまったのである。思わぬこの不首尾に虚子の怒りは納まらず、その矛先が草城に向かった。それが一因と草城は松井に語ったそうであるが、草城の雑詠の成績が一挙に下がった。

野風呂が松井に語っている口調からは、大きな家で資金を持ち出せる島村家であったが、元の死去により、それも出来なくなってしまったので、資産家の水野家にその役割が回ってきた、という事情がうかがえないこともない。少なくとも当時の虚子には、「京鹿子」は人材面でも資金面でも、もっとも信頼に足りる、また頼りがいのある「ホトトギス」の系列誌とみなされていた。

三、平明な句

野風呂は大変几帳面な人であったようだ。それは『俳諧日誌』（昭和三十八年）の記録を見ても明らかである。入洛中の若き秋櫻子を驚かせた、「速射砲」と呼ばれるほどの速吟でもあった。後のことであるが、昭和二十一年から「俳諧大矢数」を春夏秋冬、四回挙行し、それぞれ一昼夜で一千句以上を詠んでいる。もともと野風呂は数を積み上げていくことに、喜びを覚えるような性格でもあったらしい。例えば、野風呂は大正九年の四月一日から十五年の三月末日まで、一日も休むことなく、葉書に番号をつけて、句友に一日一俳信を送った。句数の総計は二万四九二〇に上ったという。生涯で三十六万句を詠んだと言われるのも、宜なるかな。もちろん、すべてが佳句というわけではない。

速吟で多作が可能なのは、句に無駄な力が入っていないからである。この意味で、野風呂の句はきわめて平明である。言葉の遣い方に無理がなく、それぞれの言葉が穏当に働いているからであろう。一句中の特定の言葉に、過重な負担を負わせることなく、また技巧のうえで屈折した言葉遣いは皆無である。あたかも、歯ごたえのない、喉ごしのよい食べ物を口に入れているかのようである。そのような句であるから、野風呂の句は、一見平凡にも見えるし、また物足りなくさえ思える。

草庵の四方の窓なる柿の秋

柿熟れて遠近の友来るもよし

「ホトトギス」（昭和八年十二月号）の雑詠巻頭句である。「草庵」の句について、赤星水竹居は、「新しみを感じない、極く平凡な穏かな句のやうである」と述べながら、「草庵の四方の窓を開けて秋晴の柿の秋の心持をしみじみと味はつて居る庵主の気持がよく現れてをる」と鑑賞している。「四方の窓なる」と「柿の秋」が、効果的に働いており、「其柿は非常に大きな拡がりを持つて、独り草庵を取り囲んでゐる柿許りでなく、日本国に存在する類族の柿全体を思はしめる」（虚子）。おそらく野風呂の最良の句というのは、このような句であろう。

ついでに言えば、野風呂の住まい「神麓居」のあった吉田は、もともと柿の木の多い地区であった。野風呂の所有地には、虚子の学生時代の下宿先の土地が含まれていて、「虚子先生旧知の六十余年前の柿」も名残をとどめていたという。柿の頃に入洛した虚子に、その一枝を献上したところ、虚子は大変よろこび、座の一同おもしろがってそれを食べたと伝えられている。

嵐峡やのぼればくだる花見船
筏師の高竿にとぶ燕かな
送り出て蛍の闇に立つことも
嵯峨の虫いにしへ人になりて聞く
嵐山の灯取虫なりにくからず

野風呂には三冊の『嵯峨野集』があり、高木智によって嵯峨の地は「野風呂俳句の本拠地」と呼ばれている。嵯峨に歩を運ぶこと年間平均五十回、生涯数千度に及んだという。去来の故事にならい、野風呂には嵯峨に別亭を持ちたいという長年の悲願があったが、これは成就しなかった。

蛙子の鯰顔して浮きにけり
むき合ひて心空なり粽結ふ
あかるみへ出して古さよ茎の桶
節分や詣で終りし急ぎ足
浮巣見に洗ひはげたる宿浴衣
一羽ゐて花ちらす鳥かくれなし

厳として俳道存す翁の忌
火祭の煙うすれに高嶺星
キャムプの子大王岬の濤を描く

野風呂は懐の広い人であったようだ。生涯を通して俳句を楽しみ、多くの俳人との交際を楽しんだ。なつかしい時代の俳人であった。

第五章　鈴木花蓑——俳句で煮しめた貌

虚子が「進むべき俳句の道」において、水巴、鬼城、蛇笏、普羅、石鼎らのすぐれた主観句を取りあげ、称揚したのは、大正四年から六年のことであった。ところが虚子は数年もたたぬうちに客観写生を強調するようになる。レベルの低い主観写生句が、氾濫するようになったからであろう。その客観写生の教えに忠実に従ったのが島村元、池内たけし、鈴木花蓑らである。花蓑は虚子の忠実な使徒として、客観写生の徹底という面において、とりわけ秋櫻子と素十に大きな影響を及ぼした。昭和になり、いわゆる四Sが活躍することになるが、大正前半の俳人と昭和の四Sとの間を繋いだ俳人の一人が花蓑であった。

一、裁判所の書記として

花蓑の生い立ちや上京にいたるまでの足跡については、すでに伊藤敬子が丹念に調査し、その成果は『写生の鬼　俳人鈴木花蓑』（昭和五十四年）に収められている。また西元和は半田簡易裁判所の元判事であるが、司法部職員録に基づいて、裁判所における花蓑の経歴を調べている。それらを参考にしながら、花蓑の書記としての経歴を述べておこう。

花蓑は明治十四年（一八八一）十二月一日に、愛知県の知多郡半田町に鈴木彦重の長男として生まれた。本名は喜一郎である。生家は機屋を営んでいたという。明治三十年、十六歳のころには半田区裁判所に勤めている。仕事は見習い程度のものであったと推測される。伊藤によれば、花簑は地元の俳句グループ「芋会」のもとで俳句を作り始め、それは名古屋地方裁判所に移るまで続けられたらしい。裁判所書記登用試験に合格したのは、明治三十七年、二十三歳のときである。翌三十八年には書記十級として西尾区裁判所新川出張所に勤務した。これが裁判所の書記としての第一歩と思われる。岡崎区裁判所を経て、明治四十二年には名古屋地方裁判所に転出した。名古屋地方裁判所には、少なくとも大正四年三月まで在籍していた。書記八級に昇級している。

その大正四年に花簑は、俳句修行のために上京したのである。三十四歳であった。伊藤は花蓑の年譜に四十歳と記しているが、これは単純な計算間違いであろう。西によると、大正九年まで花簑の名前は司法部職員録に記載がない。ようやく大正十年七月になって、東京地方裁判所の書記として記載されている。四十歳で月給は六十円である。この間の事情は不明である。大審院書記となったのは大正十四年であった。書記四級である。その後順調に昇級しており、昭和四年には書記三級となり、従七位勲八等を授けられた。昭和十三年の十月には書記一級となっている。司法部職員録には昭和十五年まで記載されており、以後、退職により花蓑の名前は見当たらない。

ところで花蓑の上京について、伊藤は「花蓑が名古屋裁判所勤務から大審院書記に転じ、居を東京へ移したのは大正四年の春であった」と記している。しかし、西の調査が示しているように、大審院書記となったのは大正十四年であるから、この記述はいまとなっては誤りである。「アヲミ」の俳人である斉藤虹夢が伊藤に語った、「花蓑は虚子の世話で大審院書記となり上京した」、という真偽不明の証言を重く見た結果と思われる。花蓑は大正四年に上京したものの、大審院どころか東京地方裁判所にも、書記として就職できなかったのではと推測される。そのころの生活が苦しかったことは、容易に想像できよう。

幸いにも大正十年、花蓑は月給六十円の書記となることができた。その額はたしかに高給ではないが、当時にあってとりたてて薄給というほどでもない。その後昇給していることを考えると、花蓑には少なくとも年齢相応の平均的収入はあったものと思われる。

月さして一間の家でありにけり　　鬼城

大正十二年の大震災後のことである。秋櫻子は招かれて花蓑の家を訪問した。花蓑は鬼城のこの句が気に入り、「実にいいですなあ」と嘆声を漏らしていたので、花蓑の家も大きな構えではないだろうと想像はしていたのだが、行ってみて驚いた。「本当に一間の家であった」。要するに、給料を俳句につぎ込むので、日常生活は豊かではなかった、ということであろう。

二、俳句で煮しめた貌

秋櫻子の『定本　高濱虚子』（平成二年）に、花蓑についての面白いエピソードが掲載されている。秋櫻子が花蓑を初めて見かけたのは大正十年の晩秋であった。

すでに四十をすぎた年輩で、がっしりした体躯ながら丈は低く、羊羹色になった木綿の羽織をつけていたが、おどろくべきことには麦藁のカンカン帽をかぶり、それが眼に立つほど日に焦げているのであった。

後のことであるが、秋櫻子は「吟行で風雨に曝された感じ」の花簑の顔を、「俳句で煮しめた貌」と評した。「私達はこれほど煮しめた貌に出あったことがないので、思わず息をひそめたほどである」。花蓑は気むずかしげな男に見えたが、「付き合っているうちに、まことに好い人柄であることがわかった。ただあまりに俳句に熱心で、句会でも吟行でも、いざ作りはじめたとなると、人の言葉が耳に入らぬのである」。井の頭公園に鳰を見にいったときのことである。「その時も障子をあけて鳰を見つめたまま動かなかった。他の人々の寒さなどは知らぬさまである。こういうすさまじい熱心家の加わったことを私は実に心づよく思った」。

大正十二年のことである。句の批評会において、素十が〈団栗の葎に落ちてかさと音〉という句を出したところ、花蓑も同じ句材で、〈団栗の葎に落ちてくゞる音〉という句を示したことがあった。「比較にはならなかった」。帰途、素十が嘆息して言うには、

いやな親仁だな、こっちは苦労してかさと音と言ったのに、くぐる音なんて言やがる。俺は今度あの親仁の吟行にくっついて行って教わるんだ。

花蓑が言うには、吟行とは、生きた写生を行うための「一つの苦行」であり、「生みの苦しみ」、「彫心鏤骨の苦しみ」であった。昭和四年の春、花蓑は素十と井の頭公園に出かけた。花蓑の報告によると、素十は水草の生えている池を、一時間近く立ち尽くして見続けたという。その結果次の句を得た。

一枚の広葉の水草生ひにけり　素十

素十は下五に苦労した。一時間かけてようやく摑みとった言葉が「生ひにけり」であった。徹底的に見ることによって、感じ取ったその景にふさわしい言葉を得る、この素十の苦闘が花蓑の言う「苦行」であり、客観写生であった。この意味では、客観写生とは、見た眼前の景に適う言葉を見出すことでもあった。花蓑によると、「写生の極致は作者の観念と表現技巧と一致するところにある」。一時間かけて水草を見た、その結果がこの程度の句かと思ってはなら

ない。

素十が「僕は本当の吟行といふのは花蓑さんから伝授を受けたといつてもいゝ」と述べているように、素十も秋櫻子も、花蓑と吟行をともにすることによって、客観写生の何たるかをたき込まれることとなった。その精進の甲斐あってか、秋櫻子は早くも「ホトトギス」大正十三年一月号において、花蓑とともに最初の課題句の選者を委嘱された。そして同年の十二月号において、念願の雑詠巻頭となった。

このように花蓑は若い俳人から親しまれ、「写生の鬼」として一目置かれてもいたが、その一方で少し軽く見られているふしもあった。例えば、「ホトトギス」大正十五年十月号に、「ホトヽギス三十年祭」という楽屋落ちのお遊びが掲載されたのであるが、そこでは「渡舟を呼ぶに最も便利なり」という「素十式　吟行用拡声器」とならび、「ネヂを捲く必要なし。振子永久に止まらず」という「花蓑式　八角時計」が賞品として挙げられている。これは花蓑の顎の張った顔とともに、長年の飲酒による、首の震えをからかったものである。花蓑が体調を崩し、また句に精彩が欠けるようになった一因は、この飲酒にあると言われている。

花簑は昭和十七年（一九四二）十一月六日、愛知県碧海郡の棚尾町にて六十一歳で亡くなった。二十二日に東京の長泰寺にて催された追悼句会に、虚子は句を寄せている。

天地の間にほろと時雨かな　　　　虚子

花簑の最後の投句は、「ホトトギス」の昭和十八年一月号に掲載された。巻頭である。虚子の句は、巻頭句の中の〈悲しくも美し松の秋時雨〉を念頭においた一句であろう。

三、花蓑時代

花簑によると、明治三十七年の「萬朝報」の鳴雪選に投句をしたのが、句作の始めだという。半年ぐらいで二十句ばかり入選した。「ホトトギス」の雑詠に初入選したのは、大正三年の十一月号においてであった。その句とは、〈明かに露の野を行く人馬哉〉。名古屋からの投句である。その後、花蓑は大正四年に上京し、俳句に邁進することになる。

大正五年は不調で一年間没となったが、それに続く数年間は没の月も多くあるというものの、一投句者として、まずは順調に経過している。初めて雑詠の巻頭となったのは、大正十年十二月号。翌十一年からは好調が続き、大正十四年の三月号を含めて巻頭は七回を数えた。もちろん巻頭ではなくても、花蓑は概ね上位に進出している。虚子が「一時は花蓑時代ともいふべきものを出現する様になつた」というのは、この大正十一年から大正末年の頃である。

ここに「花蓑時代」の句を挙げてみよう。

大いなる春日の翼垂れてあり
薔薇色の暈して日あり浮氷
落椿挟まるまゝに立て箒
蓮の風立ちて炎天醒めて来し
噴水の石に水面に落つる音
天の川枝川出来て更けにけり
団栗の葎に落ちてくゞる音
柳散るや風に後れて二葉三葉
八景や冬鳶一羽舞へるのみ
山茶花や落花かゝりて花盛り

これらはいずれも虚子の言う客観写生の句である。そのなかで、とりわけ客観写生らしく見える句としては、「落椿」「噴水」「団栗」「柳散る」、これらの句を挙げることができよう。いずれも些末なことを、そのままぶっきらぼうに詠んでいる。「団栗」と「柳散る」の句は、大正十三年一月号の巻頭句であった。これに対して、「春日」「薔薇色」「炎天」「天の川」、これらは客観写生でありながらも、花簑の主観が表に現れた句と言えるかもしれない。「翼垂れてあり」「薔薇色の」「醒めて来し」「枝川出来て」、こうした見方に花簑の個性が感じられるからである。言葉の遣い方に独特のうるおいがある。秋櫻子と素十に及ぼした影響という観点から、おおざっぱに言えば、前者の句は素十に、後者の句は秋櫻子の句に受け継がれていった、と言えるかもしれない。

とは言え、虚子の目から見れば、前者の客観写生句も、実は主観句ということになろう。例えば「団栗」と「柳散る」の句について、次のように述べている。「其幽かにくゞる音は声なき世界の声で、我等の耳に力強く響くのである。まづ作者の主観が強く其音を摂取したからこそ、斯く強く描き出したのである」。客観写生句と言えばそうであるが、けっして平浅な客観写生句ではない。句の価値を決める主なポイントは主観にあるのであった。

同じことが「柳散る」についても言えよう。虚子が強調するには、「風に後れて」というのは、けっして「平浅な写生」ではない。「作者の主観が余程深く客観に透徹してゐないと達することの出来ない境涯である」。

すでに「進むべき俳句の道」において強調されたように、最良の客観写生句は、「余程観るもの丶主観の働きを待た無いと其の客観美を受取ることは出来無い」、という意味での主観句でもあった。客観写生に打ち込んだ花蓑は、このような意味で言えば、すぐれた主観句を多く残した俳人と言えるのではないか。そして虚子にとって「花簑時代」とは、「進むべき俳句の道」の路線上に、確実に位置づけられる客観写生の一時代であった。
『鈴木花蓑句集』（昭和二十二年）には、他にも写生の目の透徹した面白い客観写生句がたくさんある。最後にいくつか挙げておきたい。

春の水渦のとけては顔になる
日かげれば麦蒔消えぬ土色に
電柱の丘へ外れ去る冬田かな
埋もれて穴あく笹の深雪かな
炭竈のいたく黄色き煙吐く
流し雛堰落つるとき立ちにけり
一々に意地悪く炭つぎ直す
鳥屋女房芸者上りか何かだらう

第六章　長谷川かな女——女性俳人のさきがけ

明治のころには、俳人と呼べる女性は、ほとんどいなかった。女性俳人が活躍する最初のきっかけは、虚子によって作られたと言ってよい。大正二年に「女流十句集」という試みを始め、「ホトトギス」に掲載したのである。この「十句集」の参加者らが集まって、大正四年には、第一回「婦人俳句会」が催されている。翌年から「ホトトギス」誌上に「台所雑詠」が、さらに六年には「家庭雑詠」が掲載されるようになった。これらの一連の女性俳句の流れにあって、その要となって活躍したのが、長谷川かな女である。

かな女は明治二十年（一八八七）十月二十二日に、東京の日本橋に生まれた。父は長谷川福太郎、老舗の銅鉄商の番頭である。母はかめ（通称、孝《たか》）、東京市ヶ谷の出で、その生家は名主であった。長谷川家の暮らし向きは裕福であった。明治三十九年、牛乳配達の苦学生、富田諧三から英語を習うようになる。四十三年、富田はかな女と結婚し、長谷川家の婿養子となった。俳人、長谷川零余子である。大正二年、かな女は虚子の勧めにより、「十句集」に参加。ところが大正十年になり、零余子は「立体俳句」を唱えて「枯野」を創刊、「ホトトギス」から離脱することになる。それに伴い、かな女も「ホトトギス」からは足が次第に遠くなった。しかし完全に縁が切れたわけではなく、昭和三十年、改めて「ホトトギス」同人に推薦されている。昭和三年、零余子の死によって、「枯野」は「ぬかご」と改称。昭和五年、「ぬかご」の分裂に伴い、かな女は「水明」を創刊し、以後、長く主宰の地位にあった。晩年には、浦和市の「名誉市民」、また「紫綬褒章」受章など、慶事が重なった。昭和四十四年（一九六九）九月二十二日、八十二歳にて亡くなっている。

一、「十句集」

「女流十句集」こそ、「ホトトギス」の女性俳人の揺籃であった。「十句集」とは、一つの季題で十句詠むところから名づけられた。虚子は妻子との間で、物事について「趣味の隔絶していることを憤る」ことがしばしばであったらしい。そこで妻子に「趣味教育」を施すことを思い立ち、俳句を作らせてみることにしたのだが、これはただちに、「一般の女子に俳句を勧める信念と勇気とを呼び起す」ことになった。「十句集」を始めた直接の発端である。

大正二年四月のある日、虚子は「妻や娘にもホ句を作らせるから」と、鎌倉にかな女らを呼び出し、「十句集」について切り出した。俳句を詠む婦人は、男性とは異なり、たびたび句会に出席するわけにはいかないし、また進んで雑誌などへ投句するまでにもなっていない。「そこで私の知つて居る者だけでも熱心な人が十人位はあるから、一つ十句集のやうなものを拵らへて見てはどうかと思ふ。来月あたりから実行して見たらどうであらう」。

こうして「十句集」が始められた。第一回は五月、課題は「つゝじ十句」であった。全員の句が幹事のもとに集められ、回覧されたのである。第一回の参加者は、高濱糸子（虚子の妻）、高濱真砂子（虚子の長女）、池内澄子（虚子の姪）、池内亀子（虚子の姪）という虚子の身内に、かな女や渡辺露子（水巴の妹）らを加えた十二人であった。互選の結果、かな女が最高点を得ている。

虚子も番外として選をしているが、虚子選の十句いずれも、十二人の互選の高点句には入っていない。虚子の目からすると、「つゝじ十句集」はあまり好成績ではなかったようだ。言うまでもなく、「十句集」には、虚子の「ホトトギス」の理念を女性俳人にも広く及ぼす、という狙いもある。虚子は指導に力を入れた。

大正四年の十一月三日には、ホトトギス発行所に「十句集」の女性らが集まり、第一回「婦人俳句会」が催された。子規の母も特別に参加している。虚子は詠んだ。〈菊の今日はじめて婦人俳句会〉。俳句を理由に女性が家を空けることの難しい時代である。そこで「お詣り」と称して吟行が行われるようになった。第一回の「お詣り」は、大正五年の秋、川崎大師であった。さらに大正五年の十二月号から、「ホトトギス」誌上に「台所雑詠」が、大正六年の十二月号から「家庭雑詠」が掲載された。こうして女性俳人の活躍の場が次第に広がっていった。

虚子が言うには、かな女は「いかにも人ざわりのよい、人と交るにも万事行届き、私達が出席する会も心地よく斡旋してくれるといふ風」であった。虚子からの信頼の厚いかな女は、これらの会の中心として、皆の世話をやくこととなった。「婦人の作句は漸く盛んにならうとしてゐる今日に於て、かな女君の如きは其先達として、定めて重い責任を自ら感知するであらう」。

ところが、かな女の立場は微妙なものとなってゆく。大正十年、零余子が「枯野」を創刊したからである。虚子は、「其出身地であることを忘れぬ為め、せめてホトトギスの雑詠だけには投句されたらどうですか」と呼びかけたが、それは聞き届けられなかった。かな女は大正十一年四月号の一句を最後に、雑詠欄から去って行った。

とはいえ、かな女も零余子も「ホトトギス」からまったく縁が切れたわけではない。かな女は「十句集」にとどまった。その出句先は、これまでと同様、東京府下淀橋の柏木にあるかな女の自宅となっている。また自宅では「婦人俳句会」をほぼ毎月催している。しかしかつてのような勢いは、次第に失われていった。「十句集」は大正十一年の第一〇七回より、「五句集」となったが、その後少なくとも大正十三年の秋まで、かな女は「五句集」のメンバーであった。

二、おせんは女であった

「女流十句集」や「婦人俳句会」には、かな女の他に、高橋すみ女（淡路女）、阿部みどり女、杉田久女、中村汀女、金子せん女らが参加している。これら女性俳人のなかで、かな女ともっとも親しく、のちにはいわば盟友として、「水明」のかな女を支え続けたのは、金子せん女である。

せん女は、神戸の鈴木商店の大番頭である金子直吉の妻である。邸宅は須磨にあった。病身であるにもかかわらず、かな女によると、「俳句の席では自分の方が先輩だったが、他の諸事、女のすべき裁縫、料理、育児、人の世話、交際等々凡そ女性として出来ないことはなかった」。せん女は大正五年一月号の「啄木鳥十句集」において、初めて「ホトトギス」に登場する。九月末には、かな女宅を訪れ初めてかな女に会った。次のような話が残っている。

虚子は当初から、男子が女子の仮面を被って「十句集」を攪乱することを恐れていたが、大正五年十月号に至って以下のように警告した。「真の婦人であることをホトトギス発行所で明かにしない人は、残念ながら当分十句集から除く事にして置く」。こうして除かれかけた人に、せん女が入っていたのである。筆跡によって男性と間違えられたらしい。せん女はかな女から事の次第を聞き、大笑いをしたという。「ともかくおせんは女であつたと、先生に貴女保証なすつて下さい」、とかな女に繰り返したのであった。

鈴木商店の本店は、大正七年の米騒動の際に焼き討ちにあった。せん女は鈴木よね社長を守って広島県の厳島に逃れ、旅館「岩惣《いわそう》」に一ヶ月潜んでいたという。なお、東京大学文学部の倫理学教室において、和辻哲郎の後継者となった金子武蔵は、せん女の息子である。

ついでに言えば、虚子の元にあって、女性俳人のさきがけの一人であった本田あふひは、「十句集」や「婦人俳句会」には参加していなかった。年齢が離れていたということもあるが、「女同志の挨拶やお辞儀がめんど臭いので婦人句会は出ない」と、かな女に洩らしたという。しかし大正八年、「婦人俳句会」が毎月開かれるようになって、あふひは気が向けば出席するようになった。

三、きれいな人の句

かな女はひときわ美しい小柄な人であった。

あるじよりかな女が見たし濃山吹　　石鼎

かな女の母、孝は、この句を読んでひどく難しい顔になり、かな女に「以後句会に出たり、雑誌に出したりしてはいけない」と厳しく申し渡したという。もちろん、何の効果もなかった。かな女は男性のみならず、女性からも慕われた。高橋すみ女は、かな女を敬愛して次のように書いている。

中肉中背のすらつとしたお姿に愛らしいお顔立ち、殊に御口許がお可愛いと思ひました。是れに尚ほお懐しいのは貴女のあの美しいお声です。ハッキリとした中に優しい情の籠つたお声は貴女にお目にかゝつた人の誰もが忘られぬ程お懐しいと思ふで御座いませう。

幼時のことであるが、かな女がしゃべり始めたとき、「きれい、きれい」と言ったと、孝が自慢していたらしい。これは母から聞いた単なる昔話ではなく、かな女自身みずからを「きれいな人」、あるいは「きれいであるべき人」として、自覚していたということでもあろう。容姿のみならず、生活や生き方において汚れないであることが、日本橋に生まれたかな女の「江戸娘の気質」であった。

さて、かな女の句の中心に位置するのは、やはり女でなければ詠めないような句であろう。

日永さや庭に下り立つ縫ひ疲れ
蚊帳くゞるや笄抜きて髪淋し
ほとゝぎす女はものゝ文祕めて
潮上げて淋しくなりぬ澪標
願ひ事なくて手古奈の秋淋し
羽子板の重きが嬉し突かで立つ

とりわけ「羽子板」の句は、かな女の代表句。初出は大正三年一月号の雑詠である。かな女によると「年の暮になると或る家から毎年羽子板を贈つて下さる事になつてゐた」。役者の押絵が貼ってある、上等な羽子板であろう。

冷飯に鳴らして寒し銀の箸
呪ふ人は好きな人なり紅芙蓉
袴つゝみて使に渡す朧かな
秋草にとられたる手のあたゝかし
独活の芽に鋭き五官もてあます
生れたる日本橋の雨月かな
冬靄に上げ汐ぬくき女橋

「呪ふ人」の句は大正九年の作。好きであればこそ、その人を呪ったりもするのであろう。愛憎の複雑さを詠んだ句であるが、考えようによっては、こわい句でもある。なお、久女の句、〈虚子嫌ひかな女嫌ひや単帯〉に応えた句であるとも言われているが、実際はかな女のこの句が、先に詠まれている。「日本橋」の句は昭和九年の作。かな女の随筆集『小雪』（昭和三十四年）には、当時の日本橋の様子や暮らしぶりが、丁寧に書かれている。谷崎潤一郎も同じ日本橋生まれで、かな女より一歳年上であった。同じころに同じ日本橋で育ったこともあり、かな女は谷崎の「幼少時代」を楽しく読んだという。

虚子は「進むべき俳句の道」において、かな女に女とは思えない句があることを指摘した。それは男性俳人によって詠まれてもおかしくない句、という意味では必ずしもないように思われる。客観写生に忠実な句ということではなかろうか。

切凧の敵地へ落ちて鳴りやまず
空濠にひゞきて椎の降りにけり
戸を搏つて落ちし簾や初嵐
龍胆の太根切りたり山刀

最後に、女であることを象徴しているような句を、三句挙げておこう。

火の燃ゆる石を抱きぬ秋の夢
西鶴の女みな死ぬ夜の秋
青柿落ちる女が堕ちるところまで

第七章　河野静雲——俗を詠み俗情にまみれず

大正六年十月、虚子は島村はじめ（元）一人を従えて九州を訪れた。別府経由である。かつて一度九州の地を踏んだことはあったが、そのときは別府から耶馬溪に遊び、その後は小倉、門司と通過しただけである。しかし今回は違った。十九日に、福岡県第二公会堂にて句会。その前日には、吉岡禅寺洞と清原枴童《かいどう》らの案内で、観世音寺や都府楼址を巡った。すでに夜となっていた都府楼址にて、虚子は懐古にふけりつつ一句詠んだ。

天の川の下に天智天皇と臣虚子と　　虚子

この句は、禅寺洞にとって大切な句となった。後に「ホトトギス」の同人を除名されたときも、また戦争中の疎開先においても、秋になると必ずこの軸をかけたという。昭和二十七年十一月、除名後はじめて虚子と都府楼址にて会ったときには、禅寺洞はこの句が虚子と二人で天の川を仰いで佇んでいたときに胚胎したものであることを、わざわざ虚子に確かめている。九州における「ホトトギス」の興隆は、この一句から始まったと言っても過言ではない。それは同時に、九州における無季俳句の出発点ともなったのである。

一、天の川

大正七年七月にこの「天の川」を誌名として、禅寺洞、枴童らを中心に、福岡に「天の川」が創刊された。禅寺洞がかなり私財を提供したらしい。ここに「ホトトギス」の「九州探題」、一大拠点が築かれたのである。雑詠の選者は長谷川零余子に委嘱した。

枴童は、すでに虚子の「進むべき俳句の道」にとり上げられている俳人である。昭和五年には「ホトトギス」の同人となっている。当然、福岡の地にあって「天の川」の要となりうる俳人であった。しかし、枴童は大正十四年「木犀」を創刊、さらに昭和二年、朝鮮の木浦《モッポ》で「かりたご」を創刊しており、その後も東京や木浦に移住したりして、必ずしも福岡に常住していたわけではない。木浦には足掛け十一年居住し、地元の俳句指導に当たっている。こうして枴童は朝鮮の南部に「ホトトギス」の俳句を普及させた一大功労者となった。虚子による枴童評を読むかぎり、積極的にみずからを皆の前に押し出すような性格でもなかったらしい。結果的に禅寺洞がひとり「天の川」を経営することとなった。

禅寺洞は、零余子が「ホトトギス」を退いた後の大正九年十一月からは雑詠の選にあたり、「天の川」に精力を傾注した。昭和四年末には「ホトトギス」の同人となり、後には雑詠の予選を委嘱されたりもしている。こうして「天の川」から竹下しづの女、杉田久女、久保より江らの「ホトトギス」の九州勢が育ったのである。さらに禅寺洞は「九大俳句会」を指導して、横山白虹らの若手を育てた。他に、芝不器男、篠原鳳作、内田暮情らも「天の川」に投句している。

ところが禅寺洞は、昭和七年に「ホトトギス」の雑詠への投句を絶ち、「天の川」十二月号に「私の立場」を掲載、昭和十年の「天の川」四月号から無季俳句欄「心花集」を設けた。七月号には「無季俳句を提唱するまで」を発表し、強靱な詩としての無季俳句の必然性を主張している。その結果、昭和十一年に、禅寺洞は草城や久女とともに、「ホトトギス」の同人を除名されてしまう。こうして虚子の一句から始まった「天の川」は、皮肉にも片山花御史らの論客が活躍する新興俳句の牙城となってしまった。

枴童は篤実な「ホトトギス」同人ではあるが、精力を朝鮮の俳壇に注いでいる。禅寺洞は「ホトトギス」の同人を除名されてしまう。このような中にあって、「天の川」とほとんど無縁であった河野静雲が、福岡、さらには九州の「ホトトギス」を代表する俳人として、次第に信望を集めるようになったのである。

二、俳僧「静雲さん」

静雲は明治二十年（一八八七）十一月六日に、福岡市に浄土宗の一行寺の住職、裏辻佛譽の三男として生まれた。本名は定運である。二十五年に、時宗称名寺住職、河野智眼の養子となった。称名寺は筥崎の名刹であり、当時は周囲に松原が広がっていた。三十八年に神奈川県の藤沢にある時宗総本山時宗宗学林を卒業し、そのまま遊行寺にて寮監と教師を兼務した。その後一時宮城県の寺の住職を務めていたが、大正十二年には福岡に帰った。本来は称名寺の住職となるべきところであったが、ある事情によりそれがかなわず、門前の別棟に生活していたという。

静雲が俳句らしきものに手を染めたのは、兵役にあるときであった。除隊後病気になり、子規の本を数冊読みながら、養生の楽しみとして再び俳句を始めた。ところが碧梧桐一派の新傾向の句に接してたちまち消極的となり中断。遊行寺の学林に勤めていた頃に俳句を再開し、「ホトトギス」を手に勉強し直した。これが静雲にとって俳句の本格的出発点となった。大正三年と思われる。大正四年の二月号に初めて課題詠の句が掲載されたが、雑詠の方は落選が続き、初入選は大正五年一月号においてである。当時は二十句投句であったが、その中の二句が入選したのである。

彼の女今日も来て泣く堂の秋
提灯に死馬恐ろしや冬の夜

帰郷後、大正十三年に、枴童らと「木犀会」を結成、翌十四年、俳誌「木犀」の創刊に参加した。昭和三年に「木犀」を枴童から継承し、主宰として雑詠の選に当たった。虚子と初めて会ったのは昭和三年十月七日と思われる。この日、福岡市の公会堂で四百名を超える来場者を集めて、「第二回関西俳句大会」が開かれたのである。この大会を取り仕切ったのは、禅寺洞らの「天の川」勢であった。静雲は、虚子によると「其時の会の表面にはちつとも出なかつた」。「木犀」の主宰、あるいは「ホトトギス」の一投句者として虚子にまみえたのであろうか。容貌が魁偉であり、しかも寡黙であった。

「ホトトギス」の初巻頭は、昭和九年四月号である。この年に「ホトトギス」同人となった。再び巻頭になったのは、昭和十二年十二月号においてである。それぞれ一句を紹介する。

引導の偈を案じつゝ股火鉢
ちん〳〵と黄泉のそこより十夜鉦

静雲は好んで僧としてのみずからの生活や、寺に出入りする善男善女を詠んだ。悟りすました説教臭い句ではない。気取ることなくみずからと庶民の哀歓を、生き生きと描写したのである。俗なところを詠みながら、俗情にまみれてはいない。そこにおのずから余裕とユーモアが生まれてくる。小さなことに拘泥しないおおらかさがうかがえる。あけっぴろげな人でもあったようだ。「静雲さん」と呼ばれて多くの人から慕われたのも、静雲のこのような人柄によるところが大きい。

水洟やなさけなかりし吾が法話
御院主に裸女肩を抱へ逃げ
大和尚蠅打へ手をのばしけり
花火見て僧にこ〳〵ともとの座に
盆布施のきばつてありしちとばかり
輪をかいてつきゆく杖や彼岸婆々
駄々走り来て小水の彼岸婆
行水の四股踏む裸和尚かな
頭ふりにげゆく彼岸木魚かな
妻許せ末子入学に落ち泣ける

『閻魔』（昭和十五年）から、静雲の面目躍如と思われる句を挙げてみた。「裸女」の句、女が裸になっているところに、ふいに御院主が姿を現したのであろう。御院主様もさぞ驚かれたであろうが、それ以上に女がびっくりして、胸を隠すように肩を抱いて逃げたのである。別の解釈も成り立つであろうが、まずは穏当なところを述べておく。「行水」の句はみずからを詠んだ句である。夏になると静雲は、人目をはばかることもなく、盥を出して行水をし、それが終わればよいしょ、よいしょと四股を踏んだという。次の「木魚」の句であるが、叩き続けるうちに、木魚がその座布団とともに前へと動いて行くのだ。それを手元に引き寄せながら読経を続けるのである。これ以上に面白い木魚の句は、今後もあるまいと思われる。最後の句は先妻の子である末子が、中学校の試験に落ちたときに詠まれた句。妻が最後まで気にかけていた末の子が、不覚にも試験に落ちてしまった。それをみずからの不甲斐なさとして、亡き妻に謝っているのである。ついでに言えば、この落第子は後に立派な医学博士となり、静雲の晩年の病床に寄り添うこととなった。

僧とか和尚を詠んだ句は、「縦横自在で活人剣殺人剣思ふがまゝ」と虚子は述べたが、何も僧や和尚に限らない。俳句の大海を自由闊達に泳ぎ回り、楽しんでいるかのような句である。さらに静雲には「十夜」を詠んだ面白い句が多く、『雑詠選集　冬之部』（昭和十八年）には十句も収められている。少し挙げてみると、

十夜僧ねむたくなれば心切りに
お十夜の目さまし法話ひとくさり
杖ついて先頭に行く十夜婆

もちろん静雲は寺の生活のみを詠んだのではない。面白い客観写生句は他にもたくさんある。

きらり〳〵時計玉振る黴の宿
片脚は桐の棒なり暦売
花むしろ踊れる婆々に爺不興

三、本来の人間らしい人

盆布施のきばつてありしちとばかり

口にこそ出さないが、僧にとってお布施の額は気になるところ。それを嫌味なくこのように詠んでみせた。虚子は言う。「静雲君を必ずしも高僧とも聖ともあがめやうとも思はないが、

〈盆布施のきばつてありしちとばかり〉といふやうな人生に対する態度が自分は気に入るのである」。虚子にとって「静雲和尚は好きな坊さん」であり、「奥深い融通性をもつた、本来の人間らしい人」であった。戯れに、「自分が死んだ時は静雲君にお経を読んで貰はうかな」と子供たちに言ったという。

虚子は「静雲君は九州俳壇に於て特異の存在である許りでなく、広く日本の俳壇に於て特異の存在である」と述べた。句を通して静雲の風格に引き付けられたのである。これに対して静雲は言う。「作者たる静雲自身の存在も畢竟虚子先生の指頭より躍り出た先生創作の一俳人たるに過ぎない」。後に橋本鶏二も、「私など虚子先生によって鍛たれた一丁の鍬」であると述べ、一身をいわば虚子先生の分身であるこの鍬として、句作に励んだのであった。花鳥諷詠・客観写生を旨とする「ホトトギス」の俳人の多様性と奥の深さは、そのまま虚子という俳人の、人としての大きさを示しているようにも思われる。

静雲は昭和四十九年（一九七四）一月二十四日の深夜に亡くなった。八十七歳である。小原菁々子によると、その臨終は次のようであった。「もう終えるばい」、「あと二気の十数えればもうつまらん」と、静雲は幽かな声を出した。

先生は、両の手を布団の上に出されて、一、二、三と小さな声で指折り数えられる。それが十三まで数え、それから先は、どうしても聞きとれない声。そして又、一、二、三、四、五と蚊の様な声で指折り数えられる。枕頭の人たちはみんな、先生をはげますかの如く、先生の「一」と数えれば「一」と呼び、「二」と数えられれば「二」と呼びつづける。みんな涙声で先生の最後と思われる死への数を数えられる声に和すのである。みんな胸詰まり涙にあふれて、私はじつと先生の手を握ろうとしたが、先生は、もう数も数えられる気力が自然に失せて、そして両の手を胸の下にと必死で合わされようとされる。

妻が泣きながら、その両手を胸下に合掌に組み、こうして静雲は静かに亡くなったのであった。最後に「時雨忌」の一句を挙げておく。

時雨忌や心にのこる一作者

第八章　池内たけし——能楽と俳句と

池内《いけのうち》たけしは明治二十二年（一八八九）二月二十一日、虚子の兄である池内信嘉の長男として松山に生まれた。本名は洸《たけし》である。

松山はもともと能楽の盛んな土地柄である。しかし維新以後、それも凋落の一途をたどる他はなかった。池内家は能役者の家ではなかったが、信嘉は能楽の衰退に心を痛め、同志と語らい松山でさまざまな活動をしていた。他人の面倒をよく見る、世話好きの人であったらしい。松山での活動に限界を悟り、ついに「親戚の不同意にも頓着せず、友人の止めるをも聞かず、従来聊かながら築き上げた地位をも捨てて当時十六歳の娘と十三歳の倅とを連れ、親子三人が書生暮しの積りで上京」したのである。明治三十五年四月二十五日であった。富士見町の虚子の元にまず身を寄せたのである。やがて信嘉は各界の名士の助力を得て「能楽倶楽部」を創立し、雑誌「能楽」を発行するなど、斯界の維持復興に尽力することとなる。能楽師のなかでは宝生九郎にとくに厚意を受けたという。「余の最も困究せし場合、物質上の補助を与へられしことも少なくなかつた」。昭和九年に信嘉が亡くなると、虚子の提案を入れて「能楽院釈信嘉如翠居士」と戒名が付けられた。

一、宝生九郎に入門

たけしは能楽師の道を志し、宝生九郎に入門した。九郎は厳しい稽古で知られていた。九郎に「厳しく叱られる。折々煙管で畳を叩いて散々に叱られることもある」、とたけしは書いている。「九郎翁について謡の稽古にいそしむ」、と前書きをつけて一句詠んでもいる。

汗しとゞ声かれがれに謡ひけり

九郎の元で修行をした一人に、松本たかしの父、松本長《ながし》がいる。たかしによると、長は「比類の無い良師」のもとで「仮借のない鍛錬の鞭」を受け続けた。長が四十歳となっていた頃である。「胡蝶」という軽い能を演じ終わるや否や、「ここへお出で」と九郎の声がかかった。

「あれでは不可ない」――父は遠慮会釈なく叱られた。どこそこが悪いといふ部分的な指摘でなく、さういふ事は卒業ずみの者として「あんな風では困る」といふ辛辣な小言なのである。周囲には幾らも人が居る。弟子達の中では父が一番の年頭《かさ》なのだが、それらの人の目前で、父はむづかしい師匠の顔の前にじつと手を突きつづけた。「もつとよく考へてみることだ」――やつと解き放されて自分の席へ戻り、腕組をして坐つてゐる父の眼には、薄く涙が滲んでゐるやうに見えた。

能楽師になることに限界を感じたのであろうか、大正六年に九郎が没した後、たけしは能楽を諦めて俳句専門となった。

わたしは能楽についてはまったくの門外漢である。とは言え、たけしが能楽師を志したということは、たけしの句作にも影響を及ぼしたと思われてならない。能楽と同様に俳句も体をもってする修行である。たけしは理屈めいたことは一つも言わず、何よりも虚子の言葉を素直に体に叩き込んだ。

たけしに『かうして俳句は作られる』（昭和九年）という俳句入門書がある。「思ひ立つた時に俳句を作る」。作るまえから、自分勝手にあれこれ考えて逡巡するのではなく、思い立ったその時を失わずさっそく取り掛かれというのである。次に「作り出したら断じて止めないこと」。そのためには「困難を堪へ忍ぶ勇気」を持たねばならない。「初めから安楽のみを望んでゐたのでは本当の楽しみはないではないか」。次に「素直であること」。句作において大切なのは、「ものの見方や感じ方」である。自然をそのままに見て面白いことを、あえて色づけて見るようなことはしてはならない。とくに面白いところを見つけようとしたり、それをまたことさら面白く言おうとしないで、「素直に見て素直に叙すること」が肝要である。頭で面白く拵えてはいけないのだ。さらにたけしは信嘉に語ったという「虚子先生の言葉」を紹介している。

俳句は心に起つた感じを陳べようと思つて句作すると俳句らしくなるから、其感じを陳べることをしないで、其感じを起らさせる事実を叙するのがよい。さうすると其叙された事実を透して自然に其感じが汲み取られるやうになるから。

ここに述べられている俳句の作り様は、能楽の修行と似ているのではあるまいか。たけしは頭であれこれ考えるのではなく、まず体で経験せよと説くのである。自然そのものがそのままで面白い。その面白さを受け取るのは「ものの見方や感じ方」である。であるならば、「ものの見方や感じ方」を身につけなくてはならないだろう。それは他人から言葉によって教えられるのではなく、みずからの稽古を通してしか自分のものにならないのだ。

二、「仰向きに」

さてたけしが二十五歳の春の頃である。牛込船河原町の「ホトトギス」発行所で催された句会に、句会とは知らず偶然参加したのだという。「お前も俳句作つて見てはどうだ」と虚子に勧められるままに、「夜桜」という題を聞いて一句投句したところ、虚子選に入った。

夜桜に話の後を出かけゝり

この句は「ホトトギス」大正三年九月号の雑詠に、〈篝火に境内ゆゝし宵祭〉とともに入選している。たけしの雑詠初入選であった。「ホトトギス」によると、たけしは少なくとも大正二年十月の「発行所例会」（虚子不在）に出席して一句入選しており、以後も東京市内で催された句会において入選している。したがって「夜桜」の句が初めての句作というわけではない。しかしこの句が機縁となって、いよいよ句作に熱が入ったのであろう。ついに大正八年十一月号において雑詠の初巻頭となった。

父と同様にたけしも世話好きであった。初学者の面倒もよく見た。「ホトトギス」発行所に出入りする者は、みなたけしに親しみを持っていたという。虚子を助けて編集に携わりながら、発行所で行われる句会、座談会、講演会、山会などにはいつも顔を出した。句会では披講役をつとめた。謡で鍛えた喉で名披講ぶりであった。大正十四年十月号から始まった「雑詠句評会」の中心メンバーの一人でもあった。たけしは「ホトトギス」発行所の主《ぬし》となった。

仰向きに椿の下を通りけり

虚子が折に触れ絶賛した句。大正十一年、「ホトトギス」四月号の巻頭句である。虚子は書いた。「斯ういふ句には私は感動さゝれる。此句は平凡な人事が叙してある。唯仰むきになつて椿の花の下を通つたといふ、それだけの句である。それに私は感動する」。仰向けに見上げられた椿の花の様子を想像しながら、さらに虚子は続けた。

心が頑なになつて如何なる景色も如何なる人事も格別驚くべきものとして目に映じない。それも事実であるが、又反対に如何なる平凡な景色でも、平凡な人事でも哀れに深く感動するることがある。寧ろ心の底深く其感動を要求してゐる。これも事実である。

島村元は、この句が人事を軽快に叙しており、椿の花を愛する気持ちがあくどく叙されていないところがよいのだと評した。月並を免れているのである。これを受けて虚子が書く。仮に「仰向きに櫻の下を通りけり」とすると「其櫻の花は椿の花の如く印象的でない。従つて仰向いて通つたといふ動作迄がいくらか誇張的に聞える。月並といふ程ではないが、椿の花の句程印象が適格でない」。

「仰向きに」の句は、一点を圧へて全部を活躍せしむる底のものである。詰り要領を得てゐるのだ。

こうしてたけしのこの句は、当時の「ホトトギス」写生句のいわば理想形とみなされた。虚子が考えていた客観写生句を具現した一句であった。以後、初学者は「桜の下を通りけり」「枯木の下を通りけり」と真似をし、他派の人は「通りけり俳句」と揶揄したという。

三、真白な屛風

たけしの第一句集は『たけし句集』（昭和八年）である。いずれも平明な句。難しいところはどこにもない。一見単純でありながら、句から作者の心持ちや周囲の状況を、いろいろと思い浮かべることができる。

元旦や暮れてしまひし家の中
遠方は砂ぐもりしてうらゝかに
耕すやあたりに人家建ちかゝり
茶摘籠紅紐かけて新しき
蓬摘む大堤防によぢのぼり
海苔掻くや小さな岩も一となすり
梅雨の蠅物にもつかで飛びにけり

遊船に乗らんとしたる人数かな
雫して持重りたる早苗かな
土手草に打ちかけ〳〵刈藻かな
夕蟇を杖にかけたる散歩かな
筆硯を襲ひし黴のありにけり
先づ石に腰なとかけん秋日和
筆硯や月の筵に置かれたり
啄木鳥の腹をこぼるゝ木屑かな
其中に高音の虫や聞き澄す
年の市人の後ろに買ひにけり
取り下すもの、埃や冬籠
牡蠣船に居て大阪に来てゐたり

たけしは句や絵が書かれている屏風よりも、何も書かれていない「真白な屏風」を好んだ。「ただ真白な屏風の面に自分勝手に山岳を想ひ大海を描いたりして自ら浮み出て来る私の心持だけを見出す」のである。「その見出された私の心持は何ものからも受けない、あるがまゝの私の心持であつた」。たけしの句には何かが書かれているから、「真白な屏風」ではないだろう。しかしそのような屏風のようなものでもあった。多くの読み手にとって、たけしの句はあるいは只事に思われるかもしれない。しかし何かがことさら面白く述べられていないからこそ、読み手は作者のみならず、みずからの心持をそこに見出すことができるのである。

たけしは虚子を尊敬し、虚子もたけしを頼みともした。大正十二年の関東大震災の数日後、たけしは品川駅から東神奈川まで貨車に乗り、その先は徒歩で鎌倉に向かった。東京の罹災状況ととしを（年尾）ら身内の消息を伝えるとともに、虚子ら鎌倉の様子を確かめるためである。着いたときはすでに夜であった。不安の日々を送っていた虚子が、たけしの「御無事ですか」という突然の声に、「たけしか」と大声で問い返した。このときほど虚子が安堵を覚えたことはなかったであろう。たけしにとっても、生涯忘れられない声となった。

最後に『叔父虚子』（昭和三十一年）所収の一文「食事」を紹介しておきたい。

叔父は仕事をするにもゆつくりと慌てずやつてをるが、飯を喰ふにもゆつくりと嚙みしめて喰つてをる。

ホトトギス発行所に居た折には折々一緒に竹葉でうなぎどんぶりを食べると私はとつくに平げてしまつてゐるのに叔父は未だ半分ほどしか食べてゐない。悠々と嚙みしめてをる。待つてゐるのに退屈する位だつた。

それ以来私もいつか習慣づけられて嚙みしめて食べるやうになつたが、未だ未だ叔父のやうに悠々とは食へぬ。このごろ叔父と食事を共にしてゐたら
「どうだい、ゆつくり食べるやうになつたかい」

と叔父は微笑しながら訊いた。

たけしは昭和四十九年（一九七四）十二月二十五日、八十五歳で亡くなった。すでに『赤のまんま』（昭和二十五年）の「序」に書かれているように、「宝生九郎翁に謡曲を教へて貰へたこと」と「虚子先生に俳句を教へて戴いたこと」は、たけしの忘れ得られぬ生涯の誇りであった。

第九章　島村　元——虚子の名代として

島村元《はじめ》は明治二十六年（一八九三）六月二十五日、島村久と米子との間に長男としてアメリカに生まれた。久は当時外交官であったが、明治三十二年末、大阪の鴻池銀行に入り、後は実業家として活躍した。元は大阪偕行社附属小学校に入学。その後、県立岡山中学校を経て慶応義塾大学文科に進学したが、病気により退学している。ちなみに、外国で生まれたことにより、元の誕生日は長い間不明であったらしい。それを六月二十五日と確定したのは、近代文学の研究者である松井幸子である。何でも大学の学籍簿に、そのように記載されていたという。

一、息子を俳人にしてくれぬか

元が俳句に関わることになったきっかけは、久夫婦と虚子との交際にあった。久は大阪における宝生流の重鎮として聞こえていた。大正三年、鎌倉に滞在しているときに、虚子と昵懇の間柄となり、鎌倉に能楽堂を建てる際には、その中心の一人となった。十月には鴻池銀行を退き大阪から鎌倉に転居している。

さて大正三年の秋、元は芦屋にて保養していたのであるが、米子から、虚子の『俳句の作りやう』（大正三年）が送られてきた。その扉に、米子の字で「この本を元さんに上げて下さいと高濱さんがいはれました」と書かれていた。元はこの本を読み、さっそく句を作り虚子に送ってみた。その句稿に○や◎、あるいは△が付いて返ってきた。句稿を巻き込んだ米子の手紙には、「近頃高濱さんは腸の大病の後なので暇の体だから句稿を見てやらうとの事でした」と書かれていた。こうして元は母から勧められるままに、虚子に師事することとなった。またその前後と思われるのであるが、虚子は久から、「息子を俳人にしてくれぬかと頼まれた」という。このような依頼は初めてであり、その後にもなかった。「後進といふ側で最も親しく私が手を取つて教へた」と虚子は述べている。

元の「ホトトギス」雑詠の初入選は、大正四年の十二月号。「はじめ」の俳号で投句している。

新涼や甲斐に生れて晶選《たま》び

一言の忘れ扇に及ぶなき

秋草の思ひ思ひに淋しいぞ

そのころの雑詠への投句は二十句であった。これらの句を含めて十三句入選している。翌大正五年の一月号では、村上鬼城に次ぐ第二席である。その中から三句挙げておこう。

秋蝶の腸無きを壁に刺す

枝に居て色鳥の姿定まらず
霜月や壺に活けたる枝蜜柑

初巻頭は大正十年の五月号においてである。七月号において再び巻頭となった。ちなみに六月号、八月号は第二席である。元は熱心に励んだ。いつの頃かは不明だが、毎月一日から十五日まで、万事を排して句作に専念したという。また蟷螂の句を作るために、家族執事をはじめ使用人一同にまで、蟷螂を見つけ次第知らせてくれと要請したという、良家の元にふさわしい話も残っている。

七夕や芭蕉人麿一枝に
囀やピアノの上の薄埃
子鴉や前のめりして枝を得し
夜桜や二階灯りて大藁屋
一片のなほ空わたす落花かな
友を食むおたまじやくしの腮かな
日ざし来て紫うすし藤の花
蠅打ちしあとの窪みや革布団

こまごまと椎の落花に動く蟻
箒木や土に喰ひ入る薪の鉈
一言の忘れ扇に及ぶなき
稲穂浪鳴子進むが如くなり
水仙や日のあたりたる寒暖計

作句だけではない。元は評論の方面でも活躍した。それらを読むと、犀利で緻密な感覚が随所に示されており、元の能力の高さがうかがえる。大正八年から十年にかけて書かれたいくつかの文章について、具体的に触れることは差し控え、その要点のみ短く述べよう。元は、物質やその本来の構成物の「其のあるが儘の姿」を詠むことを説いた。それは「事物の実在性」を詠むことであり、その「真」を詠むことを意味する。対象が物質ではなく、生活である場合においても同様であった。「事実そのものが真であり且つ清新である場合のみ」、その客観写生句はわれわれに感興を呼び起こすのである。さらに客観写生に当たっては、「能く感ずると言ふことが必要」と説いている。対象についての「感じ方」を知らずして、「考へ方」ばかり知っていると、対象についての既成の概念が身につくだけである。こうして、一口で言えば、元の客観写生とは、対象のあるがままの姿を、その真なるものを真として、清新に感じ取ることによって、成し遂げられるということであろうか。

こうして『島村元句集』（大正十三年）に収められた句の多くは、纖細な感じ方が表出された客観写生句となった。ここではそのごく一部を挙げただけであるが、小動物を詠んだ句が比較的多いことも、元の句の特徴である。

さて作句の上達とともに、虚子の側近として、やがては虚子の名代のような立場で、関西の句会に出席することにもなった。周囲の俳人が元をそのような立場の人として見ていたのである。元の風貌はどことなく梟に似ていたらしい。一時期、「梟眼坊」と称して奈良県の俳誌「みつやま」に文章を発表したりもしていた。大正六年三月、虚子の意を請けた元と野村泊月がその中心となって、大阪に淀川俳句会が創設された。その後の四月か五月、淀川句会が終わった後の宴席で、原田濱人《ひんじん》が「句には作者の主観が無くてはいかぬ」という趣旨の話をしたところ、「私の話が了るや否や元さんは『然し露骨な主観はいけません』と云ひ放つた」。十月に虚子が大阪に来た折には、「淀川俳句会に列席するために私は態々《わざわざ》大阪へ立寄つたのであつて、大阪へ来た序でに淀川俳句会に寄つたのではない」と挨拶し、一同を感激させた。淀川俳句会に限らず、「ホトトギス」が関西方面に勢力を拡大するにあたって、元の果たした役割は大きい。

二、九州へ

大正十一年三月十五日、虚子は元をつれて九州に赴いた。元の勧めるままに、京都では水野武のもとに一泊している。

後に男爵を襲う資産家の武であるが、第四章で鈴鹿野風呂を取り挙げた際にすでに紹介済みであり、ここでは詳細は略したい。一つ、虚子に入門したきっかけについて述べておこう。武が母と鎌倉に滞在していた折、絵筆に親しんでいた母が、小川芋銭《うせん》による「ホトトギス」の表紙絵を称賛したのである。武は「一面識もないのに母の勧めに力を得て」、虚子の許を訪ねた。大正二年一月八日である。元といい、武といい、母の言いつけに従順な良家のお坊ちゃまである。

武が句会に初めて出たのは、同年の一月十九日。病床にあった虚子が暫くぶりに催した句会であった。三月には京都に引きあげ、句作から遠ざかりがちとなったが、大正九年末には「京鹿子」が創刊され、虚子や元の勧めもあって、再び俳句に熱を上げるようになった。若い俳人の多い「京鹿子」の兄貴分として、またパトロン的存在として人望が厚かった。

武も急遽九州行きを思い立ち、虚子らの後を追い、十八日に下関にて落ち合った。虚子一行は十九日に長崎に着いた。武と元は相部屋である。翌朝四時半頃、別室で眠っていた虚子は元の声で目が覚めた。武の歯ぎしりが烈しくて眠れないから、この部屋に来て眠ってもよいかと言う。元は布団を引きずってきて虚子の部屋に寝た。その朝には、芭蕉が描いた杜国の鼾の図ならぬ武君の歯ぎしりの図は如何にと、一同ひとしきり興じたのであった。その日はこの時季には珍しい北風の厳しい寒い一日となった。この寒さで元が風邪を引いてしまった。二十四日には雪が少し降った。元の風邪は治らない。福岡の学士会館にて句会が催された。

春雷や布団の上の旅衣

虚子はこの句を「写生も斯う行かなくてはいかぬ」と絶賛した。「曩《さき》に〈仰向きに椿の下を通りけり〉といふ句を得て満足した私は、今又此句を得て満足する」。九州を発ち、三十日には虚子は京都から鎌倉に向かった。「武君は池内たけしと紛らはしい故、何か名前を選定して呉れぬかとの事」であった。四月一日、虚子は記している。

島村母堂が見える。元君が八度許り熱が出た。軽微な肺炎だらうといふ医者の診断であるとの報知が今朝あつたとの事である。気遣はしい。見舞状を出す。

武君に白川といふ名前でどうかというてやる。

この旅行で元は病床についた。鎌倉には帰らず、妻の実家である長門の清末の毛利邸で静養したのであるが、そのときに「元」の本名が雑詠において使用されることになった。それまでは「はじめ」である。他方、武は住まいのあった場所に因んで「白川」と号することになった。雑詠に「白川」が登場するのは、大正十一年十月号からである。

三、元の死と「ホトトギス」譲渡

大正十二年（一九二三）八月二十六日、元は三十歳の若さで亡くなった。虚子は「曩《さき》に月舟君を失ひ今又君を失ふ。浩嘆に堪へず」とその死を悼んだ。その六日後の九月一日には関東大震災が起こっている。松井利彦によると、この二つの出来事が理由となって、虚子は「ホトトギス」を五万円で白川に譲渡し、毎月百円の選句料で雑詠の選に当たるという決断を下したのである。この件については、すでに鈴鹿野風呂の章で触れているのであるが、ここで改めてこの二つの理由について少し考えてみたい。

関東大震災から述べる。虚子は崩壊の極にある東京での「ホトトギス」の経営について、悲観的となったというのだ。しかし大正十三年一月号では、虚子は新たに「ホトトギス」の同人と課題句の選者を発表しており、また編集面で虚子を助けた池内たけしは、虚子の活躍ぶりが目覚ましく、「我等亦大に激励させられ」ていると報告している。虚子の意気込みが感じられよう。さらに虚子は、「ホトトギスは震災後一時減りましたが、此二三月めきめきと増して震災前よりも売行がよくなりました。之は不思議な現象です」、と二月末に記している。これらを総合して考えるかぎり、虚子が「ホトトギス」の経営に悲観的となったとはとても思われない。震災によって「経済的基盤を失ったという危機感」と松井は言うのであるが、この説明は説得力に欠けるように思われる。

次に元の死である。松井によると、たけしの〈仰向きに椿の下を通りけり〉、元の〈春雷や布団の上の旅衣〉、さらに高濱としを（年尾）の〈蚊遣火や闇に下り行く蚊一つ〉の句を念頭に、虚子はこの三人が鼎立するかたちでの「ホトトギス」の新しい方向を見定めていたという。ところが後継者と目していた元が亡くなってしまったのである。虚子の落胆は言うまでもない。しかし、たとえ落胆が大きかったにせよ、この理由だけであの重大な決断を下したとは考えにくい。「ホトトギス」の売れ行きが、震災前よりもよくなっているのであれば、なおさらであろう。わたしには松井の書いていない別の理由があるような気がしてならない。

虚子にとって「経済的基盤」の安定こそは、「ホトトギス」を存続させるうえで、何よりも優先的に考慮すべき問題であった。この問題に虚子はそれまでにも心を砕いていた。例えば、明治の末年、虚子は岐阜の塩谷鵜平から多額の借金をしている。松井幸子から聞いたところによると、この借金は後に全額返済したというが、いずれにしても、虚子にとって「経済的基盤」あってこその「ホトトギス」であった。

震災によって、「経済的基盤」が危うくなったのではなく、元の死によって島村家からの「ホトトギス」への資金援助が絶たれたのではなかろうか。これが「ホトトギス」譲渡の主たる理由と思われる。久はすでに大正七年に亡くなっているが、元を虚子に託すときに、久は資金援助も約束していたのではないか。このようにわたしが推測するのは、野風呂が、経済的に苦しい状況にあった虚子について触れつつ、松井利彦に次のように語っているからである。

それで、小説にいったりされたのですが。そんな事もあって、どうしても、島村元さんを後継者にもってゆきたいのですね。島村元さんは、ああいう風に大家ですからね。大きな家ですから、資金なんかも、もち論出せますし。それで、島村元さんを非常に重要視しておられたのです……。［中略］

まあ、島村元さんが亡くなられれば、水野さんにまわってくる訳です。

大正十三年二月、虚子は「ホトトギス」を譲渡すべく京都に白川を訪ねた。ところが白川は五万円を用立てることに失敗し、結果的にこの話は流れてしまったのである。もし成功していたら、その後の「ホトトギス」はどうなっていたであろうか。

第十章　大橋櫻坡子——大阪の「ホトトギス」を支える

大正時代の前半、「ホトトギス」は大阪では振るわなかった。大正六年になって、淀川俳句会が生まれ、ようやく「ホトトギス」の中心拠点ができたのである。大正十一年には、淀川俳句会をはじめとするいくつかの句会をまとめる形で「山茶花」が創刊された。すでに京都では、大正九年に日野草城や鈴鹿野風呂らによって「京鹿子」が創刊されている。関西の「ホトトギス」は、この「京鹿子」と、新たに大阪に誕生した「山茶花」によって、勢力を大きく拡大することができたのである。大阪の「ホトトギス」のこの黎明期にあって、その中心となり活躍したのが、若き大橋櫻坡子《おうはし》であった。

櫻坡子は明治二十八年（一八九五）六月二十九日、滋賀県伊香郡木之本村に、父茂八、母はつの五男として生まれた。本名は英次である。大正三年に敦賀商業学校を卒業し、大阪の住友電線製造所（後の住友電気工業株式会社）に入社。大正二年から旧派の俳句を作っていたが、それにあきたらず、大正五年、「ホトトギス」の雑詠に投句を始めた。初入選は同年の十二月号においてである。俳号はすでに「櫻坡子」、二十一歳であった。

墓参すんで山下りくるや僧先に

以後、櫻坡子は淀川俳句会の幹事として、さらに「山茶花」の主要同人として、大阪の「ホトトギス」を支えることとなった。昭和七年には「ホトトギス」の同人となっている。昭和二十四年、名古屋にて「雨月」を創刊し主宰となった。すでに昭和十三年、虚子によって、「今日大阪の俳人で君の指導の下に相当の俳人になり得たといふ人は枚挙に遑がない」と述べられているように、櫻坡子は大阪を中心に多くの俳人を育てた。亡くなったのは、昭和四十六年（一九七一）十月三十一日、七十六歳であった。

一、淀川俳句会

櫻坡子が句会というものにはじめて出席したのは、大正六年一月三十日である。その句会は堺の大浜にあった「一力楼」で催された。参会者の中に、青木月斗と野村泊月が含まれている。まず兼題句の互選があり、櫻坡子はその最高点をしめ、かつ泊月の選に三句入選した。この句会がきっかけとなり、櫻坡子は泊月から親しく声をかけられ、以後泊月らと句会を共にするようになった。

はじめて虚子の姿に接したのは、同年の二月十日である。この日、堺の開口《あぐち》神社境内にある瑞祥閣にて、句会が開かれたのである。「当日虚子先生が島村はじめ、西山泊雲、野村泊月、岩木躑躅、原田濱人等の諸氏を率いられて堂々と入場された」。ここに挙げられた名前は、若手のはじめ（元）を除いて、大正四年から「ホトトギス」に連載されていた「進むべき俳句の道」に取り上げられている俳人である。他に月斗の姿もあった。三十八名の参加者にあって、虚子による十句選に櫻坡子の一句が入った。櫻坡子が驚喜したことは言うまでもない。

春雪の街来て寺に句会かな

この句会のあと、虚子は即興で三十分ばかり話をした。「進むべき俳句の道」の連載によって、目指す方向はすでに明らかである。新傾向の句を否定し、「旧態頑守」を自認する虚子の自信にあふれた俳話となった。碧梧桐に親炙している同席の月斗は、この俳話をどのように聞いたであろうか。

ひと月後の三月上旬と思われるのだが、はじめが大阪の千代崎橋詰の牛肉屋に姿を現した。泊月に促され、櫻坡子らが押しかけ、はじめの話を「目を輝やかせて」聞いた。瑞祥閣での句会の盛り上がりに、このはじめの来訪がいっそうの勢いをつけた。三月二十五日の淀川俳句会の結成へと繋がったのである。虚子の唱えるあるべき俳句を、忠実に実践に移すために生まれた、といってよかろう。こうして瑞祥閣での句会は、櫻坡子にとってのみならず、大阪の「ホトトギス」にとっても大きな意義をもつ集まりとなった。

淀川俳句会の目的は、「雑誌ホトトギスを中心とし真摯に俳句の向上を図る」ところにあった。参加したのは、泊月門下の俳人や大阪府立医科大学の学生、それに住友関係の若手俳人らである。当初は全員で十名程度、「専ら純粋の精鋭主義」をとった。泊月が「極端な月斗嫌い」であったこともあってか、月斗の影響下にある者は会員に推挙されなかった。もっとも泊月自身は丹波に隠棲してしまい、四月以降欠席が続いている。「淀川俳句会」という名前は、泊月を通じて虚子に付けてもらった。

この会の客員として、泊月、躑躅、濱人、はじめ、泊雲らが名を連ねている。とりわけはじめは、この会の「後ろ立」として、もっとも熱心な協力者であった。句稿は鎌倉へ送り、虚子の選を仰いだ。淀川俳句会は、関西において、「ホトトギス」の本格的な句会となったのである。

淀川俳句会が創設されて二ヶ月たった五月末、櫻坡子は虚子から巻紙に墨書された手紙をもらっている。それは額に表装されて、部屋に掲げられた。櫻坡子は、日夜それを打ち仰いで「心の糧」とした。とりわけその中の「一時の盛衰に喜憂せずお気長く御努力願上候」という言葉を、「杖とし柱として」作句に励んだという。

二、「山茶花」創刊

大阪の俳壇を統合する俳誌「山茶花」が発刊されたのは、大正十一年十二月である。その誌名は泊月の家に咲いていた白山茶花から採られた。泊月は雑詠の選に当たった。巻頭には「山茶花の誕生に」という虚子の一文が掲載されている。

〔前略〕大阪の俳句会はや丶乱れて居るといふ感じがしないでもなかつた。私は矢張り私等仲間の人々と思つて居る内にそれ等の人々はいつの間にか一派を樹立して居た。そしてめいめい互に相闘いで居た。私は冷やかに之を見て居た。さうして其中に依然として我等仲間の俳句を作る人もあつた。一起一覆一張一弛、さまざまではあつたが然し十年余りの歳月を経て居る内に漸く形を成しかけて来て今は抜くべからざる一個の勢力を成しつ丶ある。その「我等仲間の俳句の作者」の団体が今度『山茶花』といふ雑誌を出すといふことである。これは今迄大阪で出た各種の雑誌に比べて、少しく根柢が深さうに思はれる。希くば健在なれ。

この文中に言う「いつの間にか一派を樹立して居た」という人々とは、櫻坡子によると、松瀬青々と月斗のことであるらしい。ちなみに、この創刊号の雑詠の巻頭は、後に「琴座《りらざ》」を主宰する永田耕衣であった。

「山茶花」の大正十二年新年号に、五十八名の同人が発表された。その中に櫻坡子の他に、田村木国、中村若沙、山本梅史、相島虚吼、浅井啼魚、皆吉爽雨らが含まれている。爽雨との縁は、櫻坡子が大正九年に大阪の江之子島に、母と初めて一家を持ったときにさかのぼる。その二階の下宿人として、同じ住友の社員である爽雨が住みついたのであった。

こうして櫻坡子は「山茶花」に加わったのであるが、当初は必ずしも熱心にその句会に参加したわけではない。というのも、創刊の前に、それも赤痢に罹り重病の床にあるときに、櫻坡子はアンチ櫻坡子の声を聞いたからである。「山茶花」は気まずいものと感じられた。櫻坡子は「ホトトギス」の投句こそ欠かさなかったが、大正十二年十月二十八日に京都で催された、島村はじめの追悼句会にも出席しなかった。しかし櫻坡子が「山茶花」の主要同人であることには変わりがなかった。

そうこうしているうちに、「山茶花」は一周年を迎えた。虚子による「一年の誕生日に」という一文が掲載された。


〔前略〕大阪の地は我が俳句界に於ては各種の傾向の波が打ち寄せて居るところである。日蓮が念仏無間禅天魔を唱へた意味は敢て戦の為めに戦ふことではない。我法を尊しとして之を天下の人に説く上には勢ひ他派の主張を破却する必要を感じてのことであつた。此点に於て日蓮は徹底的であつた。我党の主張も今少し徹底的でありたいやうな気もする。殊に此大阪の地にあつては比較的其必要を多く認める。〔後略〕

虚子の意気軒昂ぶりが窺えるであろう。現今の多くの結社では、旗幟を鮮明にして他の結社と争うことはしないようであるが、虚子は違う。こうして「ホトトギス」は、大阪に一大勢力を築き上げることができたのである。

三、写生の外に俳句なし

櫻坡子は多作であった。二十歳代には、ひと月千句を超えることも珍しいことではなかったという。当時は題詠が多かった。それらの句はややもすると常套に流れやすく、結果的に濫作とならざるをえなかった。このようなときにあって、櫻坡子が、虚子から学び、終生揺らぐことがなかったのは、「写生の外に俳句はない」という信念であった。「新しい俳句の道はあくまで写生によって生まれるのである。一にも写生、二にも写生なのである」。櫻坡子は、折に触れて倦むことなく、写生を強調した。そうするだけあって、たしかに櫻坡子の作品には、写生に基づいた面白い句が多い。

春泥や垂れて文字合ふ大暖簾
牡蠣船のもの捨てしめし障子かな
茎の石ころげしゆゑの柱疵

塵とりにすこしかゝりて蟻のみち
朴の葉のかゝり揺れをり小鳥網
金屏のすそのうもるゝ毛皮かな
雪片がとびつき玉となる破魔矢

これらはいずれも目の効いた写生句。冒頭の句、暖簾に書かれている大きな文字であろう。二つに切り分けられているのであるが、「垂れて文字合ふ」という簡潔な表現に、写生の技が冴えている。「牡蠣船」の句では、障子が音もなく開き、ものを捨て、また何もなかったかのように閉められたのである。この一連の動きが、過不足なく写生されている。三句目、土間に立っている柱であろうか。細かいところに目が行ったものである。四句目、蟻の道が塵とりの端にかかり、塵とりの上を、そのまま途切れることなく続いているというのであろう。また「金屏」の句では、「すそのうもるゝ」という的確な表現によって、豪華そうな毛皮の様子が想像できよう。

これらの句からも窺えることであるが、櫻坡子の句には、心の動きがさりげなく写し取られているような趣がある。小さな気づきに心が引き寄せられている。上質の客観写生句というのは、こういうものかもしれない。

夜泳ぎのひそかに憩ふ巌かな
水打つや山影きたる街の中
渓川に膳の浸けある祭かな
雲の影花野を去りてみづうみに
蕗の中大倒れ木のありにけり
馬がゐて草刈女をりにけり
秋風やなほ旅をしてみちのくに
住吉に歌の神あり初詣

四句目から七句目の句は、昭和八年、虚子とともに北海道を旅行したときの句。淡い抒情が感じられる句である。櫻坡子は、東京へ帰る虚子と別れたあと、なおも一人で旅を続けた。それが「秋風」の句となった。

櫻坡子は家族思いの人であったらしく、家族を詠んだ句が多く残されている。大橋家の没落により、一家離散の苦労を嘗めた母に対する愛情はことのほか深い。三句挙げておこう。

家よりも佛大事や母の冬
端居する間も佛恩を申さるゝ

抱きうつす母はみほとけ花ゆふべ

最後に挙げるのは、櫻坡子が、二十歳のときに失った父を思い出しながら、みずから父として子どもと端居をしているという句。父情によって繋がれた三代の絆が、実に尊く思われる。

父とわれありしごとくに子と端居

第十一章　佐藤念腹——ブラジルに俳諧国を拓く

明治四十一年四月二十八日、七九一人を乗せて、笠戸丸がブラジルを目指して神戸港を出発した。日本人のブラジル移住の始まりである。その後、太平洋戦争が始まるまでに、十八万人を超える日本人が、それぞれ夢を抱いてブラジルに渡ったのである。佐藤念腹《ねんぷく》もその一人であった。念腹は開拓者として農業・牧畜に従事しただけでなく、ブラジルの地に「ホトトギス」の俳句を普及させた、最大の功労者となった。念腹を抜きにして、ブラジルの俳句を語ることはできない。

念腹は明治三十一年（一八九八）五月二十八日に、新潟県北蒲原郡笹神村の笹岡（現、阿賀野市）に、父要作、母トセの次男として生まれた。本名は謙二郎。生家は村の旧家であり、当時は四十物屋《あいもの》（乾物屋）を営んでいたという。大正二年、笹岡尋常高等小学校を卒業。父は政治に凝り、商売には関心がなく、もっぱら俳句を逃避先としていたらしい。その血を引いたのか、念腹も家業はそっちのけで、俳句に熱をあげることになった。大正十年から「ホトトギス」の雑詠に投句したという。初入選は、同年五月号においてである。

海苔舟や相傾けて掻き競ふ

大正十一年、中田みづほが、東京から新潟医科大学に赴任すると、さっそく「新潟市学校町俳人医学士みづほ様」という「頓狂な宛名」で手紙を出した。念腹はみづほが主宰する「まはぎ会」の中心的メンバーとなった。

ブラジルに移住したのは、昭和二年である。新興俳句の影響はブラジルにも及んだが、念腹は虚子の教えを守り、「ホトトギス」の俳句を堅持した。昭和九年には「ホトトギス」の同人となっている。戦前戦後を通じて、五回雑詠の巻頭に輝いた。昭和十年、「ブラジル時報」の俳壇選者、昭和二十年より「パウリスタ新聞」の俳壇選者となり、昭和二十三年に俳誌「木蔭」を創刊した。その発刊の辞において、「世界到る処俳句あれど花鳥諷詠、客観写生の二大標語の外には真実の俳句の道はないのだ」と宣言している。昭和三十六年には訪日し、虚子の墓参りをし、また素十らと旧交を温めている。亡くなったのは昭和五十四年（一九七九）十月二十二日、八十一歳であった。

一、俳諧国を拓くべし

移住のきっかけをつくったのは、年長の俳句仲間であった木村圭石である。圭石の本名は貫一郎、慶応二年（一八六六）に三河国の赤坂（現、豊川市）に生まれている。東京第一高等中学校を経て、東京帝国大学の工科を卒業、土木工学を専門とする官吏として十五年近く務めたあと、新潟水力発電株式会社の主任技師となった。この新潟において念腹やみづほと出会ったのである。念腹は大正十五年に結婚したのであるが、その際には圭石が媒酌人を務めている。圭石も熱心に「ホトトギス」に投句した。

この圭石が六十歳を前にしてブラジル移住を思い立った。「南米移住に就ての決心は誠にたやすくきまり、同行の妻子も一点の苦情もなく快諾しました」と書いている。とはいえ、さすがに心細く思っていたところ、何を思ったのか、念腹が一緒に行くと言い出したのである。さっそくブラジルに農地も購入した。ヨーロッパに遊学中であったみづほは、この決断を知り、それを軽挙とみなした。みづほの見るところ、念腹は「店員か事務員ならば出来ても、密林と戦ひ巨木の伐截とか、開墾といふ肉体労働のみが資本たるべき移民としては、とても体の続く見込のない非力の青年」であったからである。ただちに渡航を自重するよう書き送った。少なくとも、みづほが日本に帰ってくるまで出発を待つように書いて寄こしたらしい。ところが虚子が、「南米行大に結構、奮闘して南米に俳諧王国を建てれば本懐なるべし」と、念腹の渡航を後押ししたのである。

念腹は昭和二年三月、布哇丸《ハワイ》にて神戸を出港し、ブラジルに向かった。母と妻と弟が一緒であった。圭石は一足早く大正十五年九月二十六日に、九人を一家族とし、同じ布哇丸にて横浜を発っている。虚子は念腹に餞として三句を贈った。

東風の船着きしところに国造り　　　　　　　　　　　　　虚子
鍬取つて国常立の尊かな
畑打つて俳諧国を拓くべし

ブラジルのサントスに入港したのが五月二十四日である。サンパウロの移民収容所に入り、翌日、念腹一家は汽車にて移住地であるアリアンサに向かった。ところが、その途中、不幸にも列車事故に遭ったのである。一行の中から三十名近い死傷者がでた。念腹は頼みの弟を亡くし、みずからも負傷した。「移民列車衝突」という前書とともに一句詠んでいる。

土くれに蠟燭立てぬ草の露

こうして予定より遅れてようやくアリアンサに着いた。そこでは先着の圭石が同好者を集め、句会の準備をして念腹を待っていてくれた。以後、二人は「おかぼ会」に拠って俳句に邁進し、地球の反対側から「ホトトギス」に投句した。

昭和十年は、ブラジルの「ホトトギス」にとって、画期的な年となった。関圭草が訪伯経済使節団の一員としてブラジルに渡ったのである。圭草の本名は桂三。日本の綿業界の重鎮であり、戦後に関西経済連合会の初代会長を務めた財界人である。「ホトトギス」の俳人でもあった。昭和恐慌後は地方の疲弊が甚だしかったので、その対策の一環として、またブラジルにおける日本人移民排斥の動きに対抗しながら、南米貿易の拡大を図ろうとしたのである。圭草はブラジル到着後、六月十四日にサンパウロにて念腹と会っている。現地の新聞は圭草を「俳諧使節」として報道した。この訪伯がきっかけとなり、念腹は先に触れた「ブラジル時報」の俳壇選者となった。圭草は書いている。「私のブラジル訪問が機縁となり、サンパウロの邦字新聞に俳壇が新設され、念腹氏が其選に当ることになつたのが、せめてもの貢献で御座います」。ここにブラジルに「ホトトギス」の俳句を広める橋頭堡が築かれた。なお圭石は自らが設計監督した橋の開通式の日と重なり、圭草に会うことはできなかった。

昭和十二年、圭石はサンパウロにて「南十字星」の創刊を計画した。「ホトトギス」以外の俳句グループも参加する俳誌であったらしい。雑詠選は念腹が担当するはずであったが、念腹はすでに「ブラジル時報」の俳壇選者であったこともあり、「ホトトギス派以外に俳句なし」と唱えて、ついに圭石と袂を分かつこととなる。念腹派と反念腹派との対立は、ここに決定的となった。この対立は、その後のブラジル俳壇に暗い影を落とすことになる。圭石は、翌十三年、七十二歳で亡くなった。

十年後、念腹を編者にして『ブラジル俳句集』（昭和二十三年）が刊行された。はるばる鎌倉から、虚子は祝辞とともに一句を贈っている。

梅椿咲かせ得たりといふばかり　　　　虚子

二、新樹と雷

「ホトトギス」昭和二年十月号の雑詠に、「原始林を伐り拓きて住む四句」という前書とともに、次の句が掲載された。

木漏れ日や桶にとりつく秋の蝶
空うつる木の根が上の桶清水
腰かくる木に燃えうつる焚火かな
梢より風踏み下る新樹かな

ブラジルからの最初の投句である。翌月の「雑詠句評会」では、この四句が取り上げられた。素十や秋櫻子らの言葉を受けて虚子が言う。これらの句から、「何となく念腹君の、これから拓殖の効をおさめるのであるぞ、天涯万里の異境にあつて新たに国をつくるのであるぞ、といつた様な心の緊張した状態がうかがはれる」。さらに「風踏み下る」の句について、次のように述べている。

「風踏み下る」の句は、いかにも大きい樹であつて、其樹上より巨人が枝を踏んで下るかの如く、風の吹き下ろして来る様子が描かれてゐる。これもやがて念腹君の感じといふ他はない。何も左様の心持が悉く句の表面に出てゐるといふではないが、自然に心の響きが句の上に伝はつて、かくさうとしてもかくすことの出来ぬものがある。

念腹の句は「ホトトギス」の昭和三年三月号において、雑詠の巻頭に据えられた。その五句中の二句をあげよう。

雷や四方の樹海の子雷
八方に流るゝ星や天の川

翌四月号の「雑詠句評会」において、「雷」の句は絶賛された。「雷の谺を子雷と云つて小雷と云はなかつた処など非常に面白い。一句全体としても誠に雄渾な叙法で頭から強い力で押し付けられるやうな気がする」（秋櫻子）。「南米の天地はかくもあらうかと思はれるほど雄大によく景色が出てゐる」（素十）。「子雷といふ言葉を捻出したのは念腹君の作句の技量が著しい進歩をしたことを証明」（虚子）している。ブラジル移住が俳句の上でも一大転機となった。

念腹の句はブラジルにおいて開花したのである。

さて、「ホトトギス」の昭和二年十一月号の「雑詠句評会」において、素十が次のように指摘している。アリアンサは、日本と違って「四季が大変乱雑になつて居る」、念腹は「夏秋冬を同時に見て居る」。たしかに十月号に掲載された四句の季題を見てみると、「秋の蝶」「清水」「焚火」「新樹」となっている。こうした「乱雑な景色」のなかで、念腹が「景色の情緒」を巧みに詠むことができたのは、素十によれば、「日本古来の俳句精神を持つて南米の天地を眺めたが為」であった。

日本の風土で生まれた季題に基づいて、ブラジルの景を詠むというのは、奇妙なことかもしれない。とはいえ、俳句を詠む以上は、少なくとも当面は、日本の季題を使用する他はないであろう。季題の日本的情緒を通して、その季題が前提し想定している日本的景とは異なった景を詠むのである。季題と現実の景との間には、おのずからずれが生じることとなる。

あえて言えば、念腹の句が虚子をはじめ多くの俳人に感銘を与えたのは、このずれにあったのかもしれない。〈梢より風踏み下る新樹かな〉〈雷や四方の樹海の子雷〉、これらの句を虚子が絶賛したのは、そこに詠まれているのが、日本の伝統的「新樹」や「雷」を踏まえながらも、日本の「新樹」や「雷」ではない、ブラジルの「新樹」と「雷」であったからではないのか。

関圭草は、渡伯船中の句〈島見えて来て滝光る雲の間〉他四句にて、二度目の雑詠巻頭となったのであるが、日本に帰国後、「ホトトギス」の座談会にて、虚子らにブラジルの土産話を披露している。そこにおいて話題となったのは、四季が日本ほど明確ではないブラジルの風土であり、日本の季題を用いてブラジルで句を詠むことに関わる諸問題であった。

ついでに一つ書いておく。この経済使節団の団長を務めたのは、神戸の甲南学園の創立者でもある実業家の平生釟三郎《ひらおはちさぶろう》であった。この長旅で圭草は平生と昵懇となり、平生に乞われて甲南学園の理事となった。後にこの圭草と、同じく理事であった伊藤忠兵衛（伊藤忠商事社長）の二人が、句集『砲車』（昭和十四年）の俳人である長谷川素逝を教授として甲南学園に招聘するよう、平生に進言したのである。

三、『念腹句集』

さて、『念腹句集』（昭和二十八年）を見てみよう。念腹の句の特長は、線の太い堅実な写生句というところにある。健康的な句である。情緒に流れるところがない。

強東風のわが乗る船を見て来たり
銭投げぬ船をあざけり泳ぐなり

前者は移民船「布哇丸」を見に行ったときの句。「強東風の」という上五から、いよいよこの船に乗って万里の波濤を越えて行くのだ、という気負いと覚悟が感じられよう。後者の句はシンガポールで詠まれたもの。子どもであろうか、停泊している船の周囲を泳ぎながら、船客に銭を投げるよう求めているのだ。潜って銭を拾うのであるが、これは当時の船客にとっても一興であったらしい。

大蜥蜴芭蕉の垂葉かむり居り
投槍に飛びつく犬や蜥蜴狩
豚の群追ひ立て移民列車着く
夏の月家路は馬のとるまゝに
切株に木菟ゐて耕馬不機嫌な
馬に乗る拍車結へし跣足かな
陽炎へる線路へ汽車を降りにけり

まさに臨場感あふれた手堅い写生句。それぞれの句から、その景が目に浮かんでくるようだ。ちなみに、「豚の群」の句の季題は「移民」(冬)である。日本では存在しない季題であり、当然季感を覚えることもないのであるが、現地ではこの季題にリアリティがあるのであろう。さらに『念腹句集』の句のなかには、日本の文化に馴染んでいるわたしたちに、奇妙な印象を与える季題や、その使い方も見られる。句のよし悪しは問わないで挙げてみると、

野良合羽用意あるなり秋夕立
日曜も減らすことなく秋除草
力業腹へおとせる寒の水
生ま生まと時雨の後の獏の跡

「秋夕立」「秋除草」は、その地の現実に即した季題かもしれないが、わたしたちには何かしっくりとこない。また念腹の入植した地域では、季節によっては霜が降りたりもするのであるが、わたしたちのイメージの中では、ブラジルで「寒の水」はないだろうとも思われる。「時雨」と「獏」の取り合わせにおいては、唐突さが先に立ち、詩的イメージが浮かんで来にくい。しかしこの句には、「時雨」の伝統的情趣を打ち破る新鮮さがあるような気もしないではない。いずれにしても、わたしたちは、これらの句から、異郷における俳人念腹の奮闘ぶりをうかがうべきであって、むげに否定してはならないだろう。

日本からの情報が限られているその地において、念腹はついにカリスマ的「ホトトギス」の俳人となった。念腹は「ホトトギス」の代理人であり、晩年は頑固一徹の「小虚子」として振

る舞った。死後であるが『虚子俳話』の驥尾に付して『念腹俳話』（昭和五十九年）が出版されている。

最後に、忘れられない二句を挙げておこう。

ブラジルは世界の田舎むかご飯

虚子門に無学第一灯取虫

第十二章　岡田耿陽——蒲郡海岸を詠む

大正時代の後半、関西で「ホトトギス」が次第に勢力を増しつつある一方で、名古屋を中心とする中部では、「ホトトギス」は依然として振るわなかった。鈴木花蓑も富安風生も、愛知県に生まれてはいるが、すでに東京に出てしまって、地元に密着してはいない。拠点となりうるほどの力をもった俳句会も、まだ存在していなかった。昭和になって、ようやくこの地にも有力な「ホトトギス」の俳人が現れるようになった。「牡丹」を主宰して名古屋を中心に活躍した加藤霞村《かそん》と、蒲郡海岸を詠んで名を挙げた岡田耿陽《こうよう》の二人である。

耿陽は明治三十年（一八九七）四月十一日、愛知県宝飯郡三谷町五舗に生まれた。本名は孝助である。三谷尋常高等小学校を卒業し、千葉県立安房中学校に進んだ。ここで俳句に触れたらしい。卒業後、郷里に帰り木綿問屋「小田時商店」に入った。三河木綿を担いで関東の奥地まで売り歩き、帰りにはその地の銘仙を安く買い、それを東京や三河地方で売りさばいた。なかなかの商売上手である。「ホトトギス」に入門したのが大正十五年、昭和七年には早くも同人となっている。昭和十七年に俳誌「竹島」を創刊し、東三河の文化振興に大きく貢献した。句集に『汐木』（昭和十四年）がある。亡くなったのは昭和六十年（一九八五）五月九日、八十八歳であった。

一、夜光虫

耿陽がはじめて「ホトトギス」に登場したのは、大正十五年三月号である。鈴木花蓑選の課題詠「萬歳」に入選している。雑詠の初入選は、同年の四月号においてであった。二句を並べて紹介する。いずれも実直な句ではあるが、まだ耿陽らしさは現れていない。

子を負ひし萬歳来たり午下り
弾初の子をとなり迄送りけり

耿陽の書くところによると、大正十五年秋に野村泊月の紹介状をもって丸ビルを訪れ、「ホトトギス」に入門したという。これは雑詠初入選後のことであろう。昭和二年九月号にて、耿陽は秋櫻子の〈啄木鳥や落葉をいそぐ牧の木々〉や阿波野青畝の句を押さえて巻頭となった。初入選から一年半足らずのスピードである。

別荘の前へ来てゐる藻刈舟
魚籠の目を噴き出す潮や夜光虫
夜光虫漕ぎ初めたる船の尻

夜光虫杖の先なる浪がしら

その九月号において虚子が言うには、巻頭にしたけれども、「別に耿陽君の句がズバ抜けて佳い句であるといふのではありません」。秋櫻子などの句の深みや風格に比べると、「多少浅薄の識りを免かれません」。虚子によると、夜光虫の写生に成功しているという、「新進気鋭の点を認めて之を巻頭にした」にすぎないのである。慢心してはならない。

なまじい一度巻頭になつたりすると、もう大家になつた積りになつて次回からは一句二句位では不満足になる人が多いのであります。さういふ人に限つて俳句はだんだんまづくなつて遂に落膽してしまふのであります。耿陽君に限つてそんなことはあるまいと思ひます。が、念の為に忠言を呈して置きます。

耿陽は「感激すると同時にこれは大変なことになつた、大いに努力せねば先生に申訳ないと覚悟を固め」たという。なお翌月の「雑詠句評会」においても、虚子は、「夜光虫」の句を賞賛しながらも、「未だ作者の心の深い味ひといふものに到着することは更に数歩の研究、思索を要する」と厳しく述べている。こうして耿陽は虚子の期待に応えるべく、ひたすら写生に打ち込むこととなった。その努力の甲斐あって、「ホトトギス」昭和五年三月号、十三年十一月号において、再び、三たび巻頭となった。

昭和六年四月、虚子選による『日本新名勝俳句』が刊行された。大阪毎日新聞社と東京日日新聞社が選定した、日本新名勝百三十三景を詠んだ俳句を集めたものである。応募句数は十万三二〇七。その中から二十句が帝国風景院賞として選ばれた。秋櫻子の「啄木鳥や」の句、また青畝の〈さみだれのあまだればかり浮御堂〉、杉田久女の〈谺して山ほとゝぎすほしいまゝ〉、後藤夜半の〈瀧の上に水現れて落ちにけり〉、これらの句と並んで、蒲郡海岸を詠んだ耿陽の句も帝国風景院賞に輝いた。

漂へるものゝかたちや夜光虫

さらに蒲郡海岸を詠んだ四十一句も入選した。まさにふるさとの海岸は耿陽の独壇場であった。その中から五句を挙げておこう。

烏賊の墨こぼれつゞける渚かな
晩涼や大海亀に人だかり
船虫の這ひゐて暗き障子かな
鱧さげてゆく別荘の主かな

庭を掃く千鳥のあとのこゝかしこ

こうして耿陽は夜光虫の俳人として、また三河の「ホトトギス」の俳人として知られるようになったのである。

二、客観写生

虚子が耿陽の句を称揚したのは、それが何よりも「客観写生」の句として秀でているからであった。耿陽の句集『汐木』に付けられた虚子による長い「序」を見てみよう。そこにおいて虚子はまず「客観写生」について持論を展開している。他の文学とは異なり、俳句には「儼然として季といふ鉄則が存在してゐる」。そのうえで言うには、

季といふものは春夏秋冬四時の現象を云ふのであつて、その現象は私たちの五感を刺激する実在のものなのである。

「客観写生」とは、この「実在の諸現象を丹念に研究する」ことであった。ここで「実在」という言葉に注目したい。「実在」の存在しないところに、それに対する「客観」写生はあり

えない。「客観写生」の「客観」は、この「実在」に裏づけられているとも考えられよう。俳句の暗黒時代、月並時代を見てもわかるように、作者の小主観によって、文芸を小さくまとめあげることをよしとする時代は、「必らず其文芸の堕落時代」である。これに対して、

芸術の大いに興隆する時代は、必らず自然人間の研究が充分にゆき渡つて、写生といふことが旺盛に唱へられた時代である。殊に俳句にあつては天地風物の研究が重んぜられて、写生といふことが盛んでなければ必らず衰微する傾向がある。

虚子の見るところ、秋陽はけっして天才肌の俳人ではない。天才肌の俳人は写生においても、心持が多く働いている気の効いた句を詠むのであるが、秋陽はそうではない。「客観写生」という目標に向かって、ひたすら努力したのが秋陽であった。虚子はこの秋陽のとった道を、天才ではない凡人の大衆に勧めるのである。「烏賊」を詠んだ十句、「烏賊の墨」を詠んだ九句、さらに「夜光虫」を詠んだ九句を列挙しながら、虚子はそれらの句を、「仔細に観察し丹念に写生してある」として称揚したのであった。それぞれ二句挙げておこう。

又一つ烏賊の嚔や篭の中
俎や大烏賊を解き竝べたる

新しき天秤棒に烏賊の墨
墨吐いてくぼめる腹や烏賊かなし
夜光虫雨だれおつるところかな
石垣にとびつく浪や夜光虫

烏賊にしても夜光虫にしても、耿陽がはじめて句に詠んだわけではない。しかし「この作者によつて初めて明るみに浮かび上つて来たもの」と言ってもよく、これらに「この作者が一つの生命を吹き込んだ」のである。このような客観写生句が、『汐木』にはたくさん収められている。

手近なる種に筆さし種物屋
水切ればむらさき走る蜆かな

「種物屋」の句にしても「蜆」の句にしても、客観的でありながら、報告に終わってはいない。種物屋の様子が、手近な種に挿されている筆によって、目に浮かんでくるではないか。また「むらさき走る」という言い方には、主観が入っているのであるが、この主観を引き出してきたのも客観写生によってである。要するに、卑近な景をこのように生き生きと詠むことができるというのが、「写生のうまさ」ということであろう。ややもすると「うまさ」にはある種の嫌味が伴うのであるが、そのようなものが全く感じられないところが、耿陽の客観写生句のすばらしさである。

三、虚子一筋

虚子が蒲郡をはじめて訪ねたのは、昭和二年八月十七日である。虚子は十一日に高野山へ向けて鎌倉を出立、山上で句会を催し、十五日は和歌山にて「九年母」主催の句会、十六日は京都に大文字を見て上木屋町の川床で句会、その後蒲郡に来たのである。耿陽は高野山から虚子に随行していた。虚子一行を迎えて蒲郡の常盤館にて句会が開催された。耿陽はここにおいても、虚子選に三句入るという好調ぶりであった。

昭和十四年には二月十一日、十二日の二日にわたって、第一回の「日本探勝会」が蒲郡で盛大に開催された。昭和五年八月に始まった「武蔵野探勝会」が、昭和十四年一月、鶴岡八幡宮の初詣を百回として、ひとまず終止符を打ち、新たに「日本探勝会」と名を変えて続けられることになったのである。蒲郡に集まったのは、虚子、水竹居、風生、年尾、櫻坡子ら関東組、田中王城、中村若沙ら関西組、それに永井賓水、古久根蔦堂ら地元三河の俳人である。耿陽と霞村がその世話係となった。
こうして蒲郡来訪を挟みながら、耿陽と虚子との関係はいよいよ深まった。人生のいくつかの節目において、耿陽は虚子から句を贈られている。昭和三十四年（一九五九）四月八日、虚子は亡くなった。耿陽は、「自分の立つてゐる所だけを残して、前後左右が一つの大きな底知れぬ穴になつてしまうような、どうにもよりどころを失つた気持ちである」、と悲しみ、次のように述べている。

先生の思ひ出は泉のやうにつきない。然しこの思ひ出のすべては私の心の奥にひそかにしまつておいて、この思ひ出と共に私の残された生涯を過ごさう。ただ私のささやかな俳誌「竹島」のために先年いただいた
「心を籠めて写生をなさいまし。
私もせいぜいしたいと思ひます」
との御言葉を忘るることなく句作に精進することが、私の出来る唯一つのせめて先生への御恩に報ゆる道かと思ふ。

虚子の死によって、耿陽は「ホトトギス」への投句をやめたという。虚子の三回忌には三谷弘法山金剛寺に、虚子選に入った「竹島」所属の俳人たちの句を集めて「虚子選百句塔」を建

てた。虚子との絆の証を後世に残したいという思いがあったのであろう。

耿陽は弟子に対して厳しい師であったようだ。ある一人は書いている。「竹島」における「その選は極めて厳選であり、一字も忽（ゆるが）せにしない態度で望《ママ》まれ、少しの欠点でも的確に指摘して少しも仮借することがなかった」。また別の弟子が言う。「先生は私たち師事するものに対して、いささかの仮借も許されず、あくまで厳しい師であり、それが又私たち教えを乞ふものにとっては何よりの励ましであった」。虚子に鍛えられたように、耿陽は弟子を鍛えたのである。

耿陽の俳句人生は、まさに虚子一筋の人生であった。

第十三章　五十嵐播水――「ホトトギス」の底荷《バラスト》

五十嵐播水《ばんすい》は明治三十二年（一八九九）一月十日、医師である五十嵐辰馬の次男として、兵庫県姫路市に生まれた。本名、久雄。姫路中学校、第三高等学校を経て、大正十二年、京都帝国大学医学部を卒業。長年、神戸において医師として活躍しながら、昭和九年より「九年母」を主宰し、「ホトトギス」の俳人として名をなした。昭和四十三年に兵庫県文化賞、昭和四十八年に神戸市文化賞を受賞。亡くなったのは平成十二年（二〇〇〇）四月二十三日、百一歳であった。

ややもすると日常を遊離した、芸術家肌の俳人が目立つなかにあって、播水は、審美的理想に走ることなく、日常生活において花鳥諷詠、客観写生を着実に実践した。この意味では典型的な「ホトトギス」の俳人であった。

一、「京鹿子」と播水

播水に俳句の種子がまかれたのは、医学部の一年生のときであった。大正九年の二月のある日、医学部の掲示板に、「斯界の第一人者高濱虚子先生歓迎句会、京大三高俳句会」という掲示を見たのである。播水は以前に虚子の『俳諧師』を読んでいたこともあり、好奇心も手伝って、虚子の「顔を見るために」、学生集会所に足を運んだ。二月二十三日のことである。当日の司会をしたのは、三高の二年生であった日野草城であった。実にみごとな司会ぶりであったという。

これがきっかけとなり、播水は草城と鈴鹿野風呂らを中心とした「京鹿子」に、その第二輯から同人として参加した。「京鹿子」は「京大三高俳句会」の機関誌である。「京鹿子」こそ播水の俳句の揺籃時代であった。播水の句は「彷徨（一）」という題をつけて第二輯から掲載されている。そのなかから二句挙げておこう。

北風に明滅正し広告燈

権利義務説く夜寒人に顋長し

「北風」の句は、野風呂によると、「当時会心の句」であったとか。「ホトトギス」にはこの年の九月から投句し始めた。しばらく没が続き、大正十年七月号において、播水は初入選を果たすことができた。

噴水に水の面の落花漂へり

播水が当時下宿していた黒谷の勢至堂に、野風呂と草城が訪ねてきて、百句吟を行なったときの一句であるという。以後、播水は「ホトトギス」への投句を欠かすことはなかった。ちなみに初めて雑詠の巻頭になったのは、昭和七年九月号においてである。そして十月に播水は「ホトトギス」の同人となった。

「播水」という号は、姫路の東を流れる市川に由来する。少年のころ播水は、この川で泳ぎ、鮠を釣り、土手の土筆を摘んだ。またその河原で天下を論じ、将来の夢を語り合ったこともあったという。このなつかしい播州の川から、「播水」という号が生まれた。播水は第三高等学校の受験の小手調べに、水産講習所の試験を受けたのであるが、五番という好成績で合格した。その受験記を「中学世界」に出して三円の図書券を貰った。そのとき初めて「播水」という号を使ったという。

さて「京鹿子」は創刊以来、野風呂と草城を中心に、組織上の改変を経ながら運営されてきたが、昭和五年の十二月号から、この二人に播水を加えた三人によって雑詠の選が行われることとなった。この三人が当時の「京鹿子」のいわば主役であった。ところが昭和七年一月号で雑詠は野風呂選一つに変更された。さらに九月十三日の同人総会において、同人制度の廃止が決議され、「京鹿子」の十月号に次のような「組織変更」の一文が発表された。「同人制度を廃止現在同人を解散、雑誌京鹿子の名称並に実質（権利義務の一切）を野風呂氏に譲渡、来る十一月より野風呂氏個人経営の雑誌として続刊さるゝことゝなりました」。播水は昭和五年から選者を務めていた「九年母」を主宰し、草城は新たに一誌を起こすこととなった。

この大胆な改組は草城の提案によるものであったらしい。平畑静塔によると、水際だった草城の発言に呼応して、若手の学生組の代表である井上白文地《はくぶんじ》が、「私共は私共の同意する仲間で、学生らしき団体を作り新誌を出したく思うのでよろしく」と力強く挨拶した。静塔が言うには、これが「京大俳句」の芽立ちであった。「京鹿子」の改組を訴えた草城が、結果的に「京大俳句」出生の母となった。

こうして播水、野風呂、草城の三人はそれぞれの道を歩むこととなった。草城は昭和十年一月に「旗艦」を創刊し、新興俳句運動に身を投じることとなった。昭和十一年には「ホトトギス」の同人を除名されている。しかし、このような状況と立場の変化にもかかわらず、三人の友情は生涯変わることがなかった。

二、学位と俳句の交換教授

播水は大正十二年に医学部を卒業した。草城は藪医者の誕生を祝って一句詠んだ。草城一流のユーモアである。

朝風や藪の中なる今年竹　　　草城

播水は松尾巌教授のもとで、引き続き内科の研究に従事した。その後、神戸の病院を経て、昭和三年に大学に戻り、学位論文に取り組むこととなった。松尾教授は恩賜の銀時計組である。頭脳は明晰、自信に満ちた強気一点張りの人であったらしい。その臨床講義はみごとであったと静塔が伝えている。また播水によると、教授みずからテニスを楽しむ他に、五月には新緑会、秋には松茸狩、暮には忘年会と、なかなか派手な内科であった。ところが昭和四年の夏に松尾教授は自宅の階段からすべり落ち、脊椎を痛めたのである。テニスを禁じられ、そこで俳句に力を注ぐこととなった。九月七日、松尾内科においてはじめて俳句会が催され、ここに俳人松尾いはほが誕生した。その会は蜻蛉会と名づけられた。

厳密に言えば、いはほは二十年前の学生時代に俳句に手を染めたことがあったという。碧梧桐をまじえた運座で、碧梧桐選の五句のなかに三句選ばれたとか。その中の一句は、〈懐に金あり飲むや春の宵〉。いはほは、「此の時位得意であつた事は私の生涯に二度とない」と回想している。その後も「京鹿子」に属して俳句と関わってはいたが、本腰を入れるまでには至っていない。

播水は、日曜ごとに、松尾教授の吟行のお伴を命じられた。虚子が入洛した折には、播水はいはほの意向を虚子に伝え、いはほは直接虚子から俳句を見てもらうこととなった。当時の新聞に、「松尾教授は五十嵐播水と学位と俳句の交換教授をしている」という一文が掲載されたこともあったという。このような精進の結果、播水は無事医学博士の学位を取得し、いはほは、昭和七年、播水とともに「ホトトギス」の同人となった。なお両者の雑詠巻頭は、播水が昭和七年九月号、いはほは同年の十一月号である。二か月ほど早かったということで、播水は面目を保った。

こういうこともあった。昭和五年十二月二十八日、播水はいはほのお伴をして浄瑠璃寺に吟行した。

枯蓮に昼の月あり浄瑠璃寺　　いはほ

実は播水もまったく同じ句を詠んだのであるが、いはほに譲ったのである。

松尾教授は学内において順風満帆であったが、向こう意気が強いだけあって敵も多く、昭和十二年に陥穽にかかったようなかたちで、「特診事件」により大学を去ることになる。詳細は不明であるが、特定の患者を特別に診察して、高額の報酬を得たということらしい。その際には、剛腹ないはほが、よよと声をあげて泣いたと伝えられている。いはほは「職を辞す」という前書きをつけて数句を詠んだが、その一句。

いふは憂しいはぬもくやし菊に住む　　いはほ

三、俳諧の嫡子

ところで、山口誓子も「京鹿子」に第二輯から同人として参加している。「ホトトギス」の初入選は、播水にひと月遅れた大正十年の八月号である。二人は野風呂、草城門下の「句兄弟」であった。

誓子は『播水句集』（昭和六年）の「序」において、播水の句の特徴を二つ挙げている。「手法の手硬さ」と「季感の正確なる把握」である。そして誓子が言うには、播水は「俳諧の嫡子」であるが誓子は「俳諧の庶子」である。それを「ホトトギス」の初入選句を取り挙げて実証する。

噴水に水の面の落花漂へり　　播水
暑さにだれし指悉く折り鳴らす　　誓子

播水の句の素直さに比べると、誓子の句には言葉による智略が感じられる。それは句の面白さであるが、嫌味ともなりやすい。播水の「堅実なる作風」は、誓子の「制動機《ブレエキ》」となったという。誓子は「播水君のあるありて全く事なきを得た」のである。勘ぐれば、「ホトトギス」に対する飽き足らなさがうかがえよう。昭和十年、誓子は「ホトトギス」を辞し、「馬酔木」

に参加することになる。

草城によれば、播水は「温厚篤実」という形容が実にぴったりとくる人柄であった。「交りに於て彼の如く渝らぬ温かさを持ちつづけることは、天成に非ずんば不可能である。作品の巧拙を超えてその人間のよろしさに惹きつけられるのである」。のちに、播水は「顧みて播水の句には冷熱なく、飛躍がなかつた」と分析している。要するに、播水は「ホトトギス」の平熱であり、穏健な優等生であった。

優等生と言えば語弊があるかもしれない。「ホトトギス」という船の船底に置かれるべき底荷《バラスト》であった。それがあってはじめて船は安定し、恙なく進むことができる。草城も誓子も「ホトトギス」の底荷とはなりえない。その意味で、播水は「ホトトギス」にとって欠かすことはできない俳人であった。虚子の信頼も厚かったようだ。節目ごとに挨拶句を贈られている。〈地球一万余回転冬日にこ〳〵〉、播水の結婚三十周年を祝った句である。

さて、播水の句を紹介したい。

罌粟掻き女けしに沈みて一ト《ト》たばこ

昭和七年九月号の雑詠巻頭句。紀州の罌粟掻きという珍しい景を詠んだ句である。「けしに沈みて」という表現が写生として的確であり、さらに罌粟に由来するあやしい空気をも漂わせている。同時作として、〈酔ひいでて唄ふもありぬ罌粟かき女〉、〈罌粟の毒乾きて黒くなりにけり〉。

大試験今終りたる比叡かな
美しき布団息あるごとくなり
日当りて春水浅く流れけり
雪折の竹をくゞれば光悦寺

「大試験」の句、日頃親しんでいる比叡の姿を通して、成し遂げたという充実感と解放感が伝わってくる。「布団」の句は、大正十四年、生後一週間で女児を亡くしたときに詠まれたもの。以後、播水は水子地蔵に会えば、必ず手を合わせるようにしたという。「春水」の句においては、春の水のありようが、「日当りて」と「浅く」の言葉を得て的確に言いとめられた。何でもない句のようで、なかなかこうは詠めないものである。「雪折」の句は、いかにも光悦寺にふさわしい一句である。

播水が神戸港の泊船に頻繁に行くようになったのは、昭和九年の秋からである。埠頭、航海、海浜などを詠んだ句を収めて、昭和十七年には『埠頭』が上梓されている。目の行き届いた堅実な写生句が多い。

行春の芥の中に舵休む
春の島近きは流れゆくごとし
舷梯をおりて夜釣の人となる
鼠出て月の纜わたりたる
月の船舷梯ひたと舷側に
ともるより碇泊燈の冱てにけり
入営旗今舷梯をおしのぼる

「春の島」の句について。動いている船からの春の景色であろうか。島が後ろへと流れ去ってゆくのだ。また「入営旗」の句、「入営」は多くの場合十二月一日、したがって冬の季題である。言うまでもなく現在では見られない景である。

神戸はブラジルへの移民船の出港地でもあった。渡航者はここに集結し、短期間ではあるが、簡単なポルトガル語などの研修を受けたらしい。播水のヒューマンな眼差しがうかがえる句を、紹介しておく。

かさなれる移民のベッド梅雨昏く
秋風や老も若きも移民服

毛布被し老の移民やその中に
移民船冬空へ旗ちぎれ飛び

第十四章　中村汀女——国民的な女性俳人

中村汀女は明治三十三年（一九〇〇）四月十一日に、熊本県飽託郡江津《えづ》村に、父斎藤平四郎と母亭《てい》の一人娘として生まれた。本名は破魔子である。江津村は現在は熊本市の一部となっている。平四郎は村長を務め、その村の有力者であった。汀女は地元の画図《えず》尋常小学校を経て、大正二年、熊本県立高等女学校に進学した。当時の四年制の女学校を卒業し、さらに補習科に進んでいる。大正九年、二十歳で熊本市出身の中村重喜と結婚、翌十年東京に移った。大蔵省の官僚である夫に従い、各地に転居を繰り返した。

昭和二十二年、四十七歳で「風花」を創刊。以後、汀女は「風花」の主宰として多くの弟子を指導しただけでなく、新聞の俳句欄の選者を務め、ラジオ、テレビへ出演し、俳句入門書等を執筆したりと、俳壇の外へと俳句を普及するうえで大いに貢献した。交流は各界に及び、俳人にとどまらない、文化人として活躍した女性である。昭和五十三年、NHK放送文化賞を受賞し、五十五年には文化功労者となった。そのほかに多くの栄誉を受けている。昭和六十三年（一九八八）九月二十日、八十八歳にて亡くなるのであるが、「ホトトギス」の俳人というより、多くの人々から敬愛された国民的な女性俳人であった。

一、江津湖のほとり

結婚して熊本を離れるまで、汀女は江津村で幸福な少女時代を送った。とりわけ生家のあった江津湖畔での暮らしは、折に触れて思い出され、生涯にわたる汀女の句想の源ともなった。つくづく幸せな人である。『汀女句集』（昭和十九年）から一文を引いておく。

今は熊本市内だけれど、江津湖はやはり私にはもとの江津村がふさわしい。湖畔の人たちは東遥かに阿蘇の山々を仰ぎつつ、田植え、麦刈りにいそしみ、その間に藻刈舟を浮かべ、夏に入る日は川祭りの御神酒を湖に捧げる。私も朝夕、湖を見て育った。走る魚の影も、水底の石の色も皆そらんじている。その江津湖畔に私の句想はいつも馳せてゆく。

女学校時代は読書に親しんだ。乱読である。読むだけではない。上野さち子や汀女の長女である小川濤美子《なみこ》によると、大変な労力をかけて、モーパッサン、イプセン、コナン・ドイルなどの翻訳物や与謝野晶子訳の『源氏物語』、あるいは近松の戯曲等、多くの本の内容を筆写し、あるいは要約している。後の汀女を作り上げた文学的基盤が形成された。また汀女の推理小説好きも、この頃から始まったようだ。女学校卒業後ではあるが、「大正八年十二月二十五日、夜」との記入で始まる俳句ノートは圧巻であるという。一頁の裏表に十五句ずつ鉛筆で書かれ、一冊百頁として約三千句になる。同じ季語を使って、多いときは十句、最低でも四、五句作られているという。これらの句のごく一部が、自選を経て「ホトトギス」へと投句されたのである。

汀女が初めて句を詠んだのは、大正七年の十二月も押しつまった日であった。結婚前である。玄関の式台を拭いていたときに、前庭の垣根に寒菊が咲いているのに気づいたのである。

吾に返り見直す隅に寒菊紅し

さらにいくつか詠んで地元の新聞の俳句欄に送ってみたところ、選者の三浦十八公《じゅうはちこう》から大変褒めた手紙がきた。それに励まされてさらに句を詠んだ。「ホトトギス」に属していた十八公が、それらを雑詠に投句したのである。「四句入選です」と十八公が持ってきた雑誌が、汀女の初めて手にする「ホトトギス」であった。大正九年の一月号である。四句中の二句を挙げておこう。

身かはせば色変る鯉や秋の水
我が思ふ如く人行く稲田かな

巻頭は原石鼎、汀女は九席で、杉田久女の次であった。久女と汀女との折に触れての関わりも興味深いが、ここでは省略しよう。「汀女」という俳号は、生け花の師匠から頂いた斎号「暸雲斎花汀女」に由来する。花嫁修業として習っていたのである。

二、選は創作なり

汀女は結婚して上京した。二度ばかり長谷川かな女邸で行われていた婦人句会に出席している。二回目に出席した折、のんびりと帰宅したところ、重喜が先に帰っていた。「飯は」と叱られたという。こうしたこともあって、汀女は以後十年間句作を絶つことになる。俳句をとるか家庭をとるかという、芸術家にありがちな深刻な苦悩は見られない。あるいはあったのかもしれないが、一旦こうと決めてしまえば、いつまでも後を振り返らないという潔さと強さがあったのであろう。家庭を守るということの他に、国家の重責を担い、恪勤一筋の重喜に対する遠慮もあったと思われる。

十年後の昭和七年七月、汀女は丸ビルに虚子を訪ねた。会うのは初めてである。虚子に勧められて、八月の「玉藻」の句会にも出かけ、星野立子と初めて会った。こうして汀女は本格的に「ホトトギス」に復帰した。昭和八年十一月号において、〈肉皿に秋の蜂来るロッヂかな〉、他四句にて、雑詠初巻頭となった。翌九年には早くも「ホトトギス」の同人となっている。

昭和十五年に第一句集『春雪』が刊行された。虚子はこの一集を、立子の『鎌倉』（昭和十五年）と並べて「姉妹俳句集」と呼び、当時の女性俳句の代表とみなした。ちなみに昭和二十年までの「ホトトギス」において、雑詠の巻頭となった女性は十人に満たないが、その回数が最も多いのは、立子と汀女の八回である。十九年には『春雪』所収の句をも入れて、『汀女句集』が世に出た。汀女に宛てた虚子の書簡が、立子による「序」の前に置かれている。

あなたを仮りて一般に注意を与へて置き度いと思ひます。「選は創作なり」といふのはこのことで、今日の汀女といふものを作り上げたのは、あなたの作句の力と私の選の力とが相待つて出来たものと思ひます。

自分の力量を過信してはいけないという戒めであるが、虚子がそれだけ汀女の力量を認めていたということでもあろう。

さて、ここでふと思うのだ。「選は創作なり」という言葉は、実を言えば、この『汀女句集』において初めて表明されたわけではない。すでに『ホトトギス雑詠全集（四）』（昭和六年）の「序」において、「選と云ふことは一つの創作である」と述べられている。それにもかかわらず、この言葉は、虚子から見れば娘のような、汀女という女性俳人だからこそ、この句集において言えた言葉ではないのか。汀女以前に、幾人かの男性俳人も句集を出版しているが、虚子はこのようなことは言わなかった。虚子の庇護があってこその立子であったように、汀女の句も虚子の選があってこその汀女の句ではないか。「選は創作なり」という言葉には、一般に対する注意とともに、庇護されるべき汀女に対する、虚子の父権主義的な情愛が込められているようにも思われる。

　あはれ子の夜寒の床の引けば寄る
　咳の子のなぞなぞあそびきりもなや

「の」の字を効果的に用いた前者の句といい、ひらがなを重ねた後者の句といい、母としての愛情を柔らかく表現している。汀女は、〈短夜や乳ぜり泣く児を須可捨焉乎《すてっちまをか》〉（竹下しづの女）とはけっして詠まないであろう。なお「咳の子」の句について、桂信子はこの句のa音を重ねた用意周到さを言いながら、もしこの句が〈咳の子のなぞなぞあそびきりもなし〉であったら、もはやそれは汀女の句ではないだろうと述べている。卓見である。
『汀女句集』には、他にも人口に膾炙している句が多く含まれている。いずれの句ものびやかで、読み手をやさしく汀女の世界へと誘っているような趣がある。

　さみだれや船がおくるる電話など

曼珠沙華抱くほどとれど母恋し
とどまればあたりにふゆる蜻蛉かな
たんぽぽや日はいつまでも大空に
稲妻のゆたかなる夜も寝べきころ
風邪床にぬくもりにける指輪かな
中空にとまらんとする落花かな
秋雨の瓦斯が跳びつく燐寸かな
ゆで玉子むけばかがやく花曇
あひふれし子の手とりたる門火かな
だんだんに己かがやき金鳳花
夫と子をふつつり忘れ懐手
セルを着て父を敬ふかぎりなし
蟇歩く到りつく辺のある如く

客観写生のお手本のような句や、激しさを内に秘めているような強い句も収められている。

枯蔓の太きところで切れてなし

寒鮒の上を手渡す銀貨かな
わが心いま獲物欲り蟻地獄

三、愁なしとはいへざるも

ところで、汀女に対する山本健吉の見方は少し意地がわるい。「ホトトギス」の「婦人俳句会」も立子の「玉藻」も、もともとは「有閑夫人の社交機関」であり、汀女は立子と並んで、「女らしさの俳句の典型」を示したにすぎない。久女の句と比べて言うには、「芸術家としての精神の激しさにおいて、やはり久女を上位に置くべきか」。また次のようにも言っている。汀女や立子らは、「家庭の『炉辺の幸福』をそのまま作品の上に持込み、そこに何等人生上の、また芸術上の懐疑の跡を止めない。お目出度いと言へばお目出度いが、そこに彼らの作品の一般性があることも確かである」。

健吉の前妻は石橋秀野。病苦のなか四十に満たずして亡くなった。「病中子を省みず自嘲」という前書で〈衣更鼻たれ餓鬼のよく育つ〉、「七月廿一日入院」と前書をつけて〈蟬時雨子は担送車に追ひつけず〉、と詠んでいる。立子や汀女のように、恵まれた環境のもとで俳句を詠むことができる女性に対して、健吉は複雑な感情を抱いていたのかもしれない。
たしかに汀女は、その句に「人生上の、また芸術上の懐疑の跡を止めない」。とは言いながら、お目出度いばかりの句ではない。心の微妙な陰りが表われているような句も詠まれている。

蜩や暗しと思ふ厨ごと

夕方になり蜩が鳴いているのだ。それでなくても薄暗くなりつつある厨が、いっそう淋しく感じられる。それだけではない。厨ごとそのものが、あたかも女性に課せられた宿命のように、それからは逃れられない暗いものとして捉えられているようだ。孤独感。良妻賢母の代表のような汀女の心底が、垣間見えるような一句である。

雪しづか愁なしとはいへざるも

『紅白梅』（昭和四十三年）所収の句。濤美子によれば、汀女が晩年とくに好んだ句である。汀女は周囲からは「先生ほど幸せな方はいらっしゃらない」と言われたりもしていた。もちろん、どのような人にも多かれ少なかれ愁いはあるし、またそれがどれほどのものか、その深さの程度は他人には窺い知ることのできないものである。汀女がみずから言うには、「人並の苦労」や「哀しみ」はあったのであるが、「必要以上に思いわずらうことはしなかった」。子どもの病気があり、転居に伴う気苦労もあった。戦後には買い出しの難儀があり、重喜の公職追放もあった。しかし「流れにまかせるすべを知っていた」のである。たしかに「倖せな性分」であったが、それは愁いがないということではない。

濤美子はある夜の汀女の言葉を記している。「私が俳句をやってきて、あなたたちにほんとに済まないことをした」。寂しげな表情と、その声は心の底から出ているようであった。お目出度いばかりではない。汀女の句には、「良妻賢母」「母性」「女性らしさ」といった言葉で括ってしまうと、見えなくなってしまうような複雑なものがありそうである。正木ゆう子は「汀女はそう単純ではなく再評価が必要である」と述べているが、同感である。

第十五章　高岡智照――いづれか秋に逢はで果つべき

明治、大正、それに昭和の前半期において、「ホトトギス」で活躍できた俳人の多くは、恵まれた環境にある人であった。俳句という遊びに時間と金銭を費やすことができ、また精神的にもゆとりのある人しか、この道に精進することができなかったからである。このような「ホトトギス」の俳人のなかにあって、女の身で愛欲の海を浮き沈みした高岡智照の境涯は、特異と言わねばならない。関心のある人は智照の自伝である『花喰鳥』（昭和五十九年）を読まれるがよかろう。仏に救いを求めて尼となった智照は、ついには俳句によっても救われたと思いたい。

一、出家するまで

智照の本名は辰子、明治二十九年（一八九六）四月二十二日、大阪の難波新地の近くで庶子として生まれた。父は高岡末吉という鍛冶職人、道楽者であったらしい。母はつるといい、大阪南地の料理屋、「日柄喜《ひがらき》」の仲居見習いであった。妊娠を聞いて末吉は行方をくらましてしまい、つるは生まれた赤子を連れて実家に帰る他はなかった。実家の継母はそれを喜ぶはずもなく、何かにつけてつるにつらく当たる。やがて継母は赤子をつるから引き離し、探し当てた末吉に強引に押し付けた。元芸者であった内縁の妻は逆上した。しばらく貰い乳で育てていた末吉であったが、ついに行きづまり、生まれて八十日目の赤子を、奈良に住んでいた姉に預けてしまう。こうして、智照は母の顔を知らないまま育った。智照が二歳のときに亡くなったという消息を、のちに聞いただけである。

登大路にあった伯母の家は、奈良では名の知れた料理屋であった。智照は何不自由なく幸福に育てられた。学校は奈良県師範学校の附属小学校に通っている。やがて興福寺の境内に出していた伯母の茶店を手伝うようになり、学校は十歳でやめてしまった。女の礼儀作法を身につけるために舞を習ってもいる。この奈良が智照にとってもっとも懐かしい思い出の場所となった。

その後智照は、過酷な運命に翻弄されることになる。十二歳のとき、「きれいな着物《べべ》を買うてやる」と末吉に連れ出され、大阪の宗右衛門町の「辻井楼」に売られた。男に真情を疑われた口惜しさに、みずからの左手の小指を切り落とすという事件を起こしたのが、明治四十四年の一月、十五歳のときである。「毒婦」と書きたてられ、大阪に居づらくなって東京に出た。実は本人の知らぬままに、三千円の「身代金」で五年の年季奉公を課せられていたのである。一時は赤坂の萬龍とならぶ新橋の名妓、照葉《てるは》として人気を博し、桂太郎や西園寺公望らの宴席に侍った。妓籍を離れたあと、鉱山の権利で財をなしたという男の妾を経て、成金の相場師の妻となり、数年後には離婚した。そのときには別の男と懇ろになっている。

贅沢三昧の日もあれば、質屋通いの苦しいときもあった。女優として帝国キネマや松竹の映画に出演したこともある。自殺を二度試みた。こうして照葉の十代、二十代の大方は、真の愛情を求めて男を変えながら、無責任な日々を送ることに終始した。その舞台も日本にとどまらず、ニューヨークやパリにまで及んでいる。パリではひそかに男児を出産している。
尾羽うち枯らして照葉が奈良に逃げ帰ったのが、昭和三年の大晦日、三十二歳となっていた。連れ戻しに来る男におびえながら、一日たりとも酒を飲まない日はなかった。すき好んで荒んだ生活を送ったわけではなかったが、その境遇から縁の切れぬ自分がつくづく嫌になってきた。出家の気持ちが芽生えてきたのである。

黒髪があるために、愛欲の生活を送り、放蕩を続けている。いっそのこと、黒髪を断ち切って不浄な身を清めたい、とその思いにとらわれはじめたのでした。

昭和九年九月三十日、奈良県畝傍町の久米寺にて得度した。剃髪のとき居眠りをしていたという。これで女の業から救われるという安心感によるものであった。法名は「亮弘坊智照」、三十八歳であった。祇王寺に入ったのは昭和十一年七月三十日である。出家の折に剃り落とした黒髪は、智照のもとで長年保管されていたが、平成六年(一九九四)十月二十二日に九十八歳という高齢で亡くなったとき、その遺骨とともに墓に納められた。

二、虚子と蕪子

いる。

たところ二句入選した。昭和四年の二月号においてである。作者は東京の「照葉女」となって

「ホトトギス」に出逢ったのは、奈良に帰る前であろうと推測される。雑詠に初めて投句し

羽子板の大一番や吹きざらし

羽子板の御臺福助吹きざらし

虚子は小野蕪子《ぶし》からの手紙の一部を、註としてこの二句に付けた。異例のことである。

此作者はもと新橋の絵葉書美人として萬龍と共に美貌を唄はれた照葉です。いろいろ数奇の半生を送りなして、この二三年は文筆で食つてゐます。〔中略〕今回ふと其句を見る機会を得ました。捨てたものではないと思ふので兎に角五句を選ませ御目にかけます。

この註は蕪子に無断で虚子がしたことである。これだけの註を付けておかないと、何ゆえに照葉の句が雑詠に載るのか、理由がわからないから、ということであった。しかしこの註によって読者の中に、照葉の売名という不純な動機を感じた人もいたようだ。この抗議の手紙に対

して、虚子は次のように答え、照葉を擁護した。

> 照葉といふやうな人になると、真面目でものをしやうと思ひ立つても、周囲の者が寄つてたかつてぶちこわし、さまざまに翻弄して、遂に滅茶苦茶にして終ふのが落であらう。兎に角照葉女の句二句は雑詠に入れて恥かしからぬものであるといふことを明にした迄である。

この言葉によって照葉は励まされた。「厳しい俳句の道への力杖」となった。「行者が岩山へよじ登るように」、俳句の道を登り始めたのである。そして得度のころであろうか、「句を作る蓮月尼におなりなさい」という虚子の一言によって、ついに心が定まった。

さて、実を言えば、照葉と蕪子との間には、それ以前から浅からぬ因縁があった。蕪子の本名は賢一郎である。賢一郎は東京日日新聞の記者をしており、伊藤博文の女性関係を「恋の伊藤公」という一文にまとめて評判になっていた。『花喰鳥』によると、

> 小野さんという人は、私が新橋の新叶家から半玉で出た時に清香《きよか》姉さんから紹介されたのでした。小野さんはよく香浮園にこられて政界の裏話などの取材をしていましたが、その時、姉さんは私を新聞に売りこんで人気をあおるために小野さんを呼んでいたのでした。

賢一郎は東京日日新聞に、明治四十四年九月十一日から十回にわたり、「恋の照葉」を連載

した。これによって照葉の人気が急上昇した。萬龍をしのぐブロマイドの売上であったという。この記事は大正四年に出版された賢一郎の『女、女、女』に収められている。講談調のテンポのいい文章である。この本を読むと、人の懐に飛び込むことのできる、付き合い上手な賢一郎の人柄が十二分にうかがえる。

賢一郎は早くから照葉に多少の文才があることを見抜いていた。文章を書くことを勧め、照葉は「サンデー毎日」からはじめて原稿料をもらった。さらに賢一郎は照葉に中央公論社社長の嶋中雄作を紹介した。出家の年に、照葉は中央公論社から『黒髪懺悔』を出版している。「ホトトギス」への投句も、賢一郎の勧めによるものである。「ホトトギス」の俳人としての直感が働いたのであろう。

照葉が奈良に逃げ帰ったとき、男との手切れ金千円を用意できたのも、賢一郎の口ききによるものであった。嶋中社長のように、照葉の身の上を案じ、原稿料という名の援助をする人はいた。しかし男女のもめごとの相談相手は、賢一郎をおいて他にいなかった。この手切れ金によって、照葉はそれまでの生活から、ついに縁を切ることができたのである。

こうして照葉を売り出すのに一役買ったのも、俳句へと背中を押したのも、さらに堅気の生活へと照葉の更生を助けたのも賢一郎であった。それ以前にも、大正四年に村上鬼城が高崎区裁判所の代書人の許可を取り消された際に、鬼城のために尽力し、翌年の復帰を実現させたりもしている。人情の厚い人、義侠心の人であった。小野蕪子といえば、後に戦時体制に便乗し、中村草田男らに圧力をかけたという「俳句弾圧事件」で悪名が高いが、このような一面があったことも忘れてはならない。

三、祇王寺

祇王寺は、言うまでもなく、平清盛の寵愛を受けた白拍子の祇王らを祀っている尼寺である。その祇王に一首ある。

萌え出づるも枯るるも同じ野辺の草
　いづれか秋に逢はで果つべき

「秋」は「飽き」に通じる。男女の関係の移ろいやすさは、智照の身にしみて知るところである。祇王の悲哀は智照のそれでもあった。庵主としてこの祇王寺を守ることに、智照は深い因縁を感じたに違いない。

智照の本分は何よりも仏に仕えることにあった。連衆と吟行に出かけて句を作るという俳人ではない。また句会をもっぱらにするというわけでもない。おのずから尼としての日常を反映している句が多くなる。いずれも穏やかな詠みぶりである。

小倉山目あてに竹の落葉径
祇王寺の茅ぶき門や竹の秋
祇王寺の草屋根しとゞ月に濡れ
祀られて露けき像や祇王祇女
祇王寺と書けばなまめく牡丹雪
うきことは人にまかせて落葉焚く
底冷に耐へねば住めぬ嵯峨なれど
雨だれの音の合間の鉦叩
祇王忌や露けからざるものなかり
み仏のおん膝近く寝正月
花びらの鐘にふれたる静かな
秋鏡尼には尼の身だしなみ
老尼の日課は日向ぼこりから
紫は御高祖頭巾に似合ふ色

冒頭の二句は、昭和十一年の晩春、初めて祇王寺に入庵したときの句という。「み仏」の句、み仏に見守られているかのような「寝正月」である。後の句に〈身の秋や仏に甘えたき心〉があるように、この「寝正月」の句も、み仏に甘えているかような趣がある。「秋鏡」の句、この句を詠んだころは、五日目ごとに剃髪していたという。法衣や数珠にも気を配っていた。「やっぱり女は女の見栄から解放されなかった」と後に述懐している。

二ン月堂三ン月堂と日脚伸ぶ
恨むらくは鐘に亀裂や花の寺
浴衣着て裏から寺へもらい《ママ》風呂
夏痩せも白粉やけも悲しけれ
しんがりは東大寺かや除夜の鐘

いずれも得度前の句である。「二ン月堂」の句、次第に伸びていく日脚を、東大寺の二月堂と三月堂にかけて詠んだものであろう。二月堂の修二会のあと、三月堂の法華会が続く。このような行事を経ていよいよ春たけなわとなるのである。巧みな句である。「恨むらくは」の句は薬師寺を詠んだもの。「浴衣着て」の句は、高畑の不空院の隣に住み、もらい風呂をしていたころの作であろう。「裏から」という具体的な一言によって一句が成立した。当時のつましい生活が想像できよう。高畑に移る前、智照は一時木辻遊郭の近くに仮寓していた。「夏痩せ」の句はその遊郭の女を呼んだものかもしれない。さらに智照には、〈泣きながら白粉たたく火桶かな〉という、有髪のころを思って詠んだ句もある。

第十六章　皆吉爽雨——写生の道を究める

虚子が説いた客観写生は、それぞれの俳人の句作を通して、その人のものとされていった。花蓑の写生があり、素十の写生があり、秋櫻子の写生があり、櫻坡子の写生がある。播水の写生があり、櫻坡子の写生がある。写生の徒の中にあって、とりわけ求心的かつ求道的に写生に邁進し、ついには繊細で端麗な写生句を完成させたのが皆吉爽雨《みなよしそうう》である。

一、櫻坡子に導かれ

爽雨は、明治三十五年（一九〇二）二月七日に福井市に、父、山下春五郎、母、りんの末子として生まれた。名前は孝四郎である。生後三か月で、春五郎の実兄である皆吉五郎の養子となり、名前を大太郎と改めた。皆吉家は丸岡の旧家で、かつては丸岡藩の家老に次ぐ重職にあった。明治三十七年から八年間、五郎は丸岡町の町長を務めている。町長を辞めたあと、五郎は商売を始めたが失敗し、丸岡の家を手放し三国に引っ越した。数年後には福井市に移っている。生活は苦しく、爽雨は学業優秀でありながら、上級学校への進学を断念せざるを得なかった。

大正八年三月、爽雨は福井中学を卒業して、大阪の住友本社に就職した。配属されたのは住友電線製造所（後の住友電気工業株式会社）である。月給十一円であった。大橋英次、すなわち櫻坡子が直属の上司である。伝票や帳簿のつけ方まで教わったという。櫻坡子は「俳句のすすめ上手」であり、世話好きでもあった。「爽雨」という俳号も櫻坡子によってつけられた。三年後に櫻坡子は、西区の江之子島に母を迎えて一戸をもったのであるが、爽雨はその二階の下宿人となった。

櫻坡子の勧めにより、爽雨は国民新聞の「国民俳壇」（虚子選）と「ホトトギス」に投句した。「ホトトギス」の雑詠初入選は、大正九年一月号である。言いたいことを言わんとするあまり、詰屈な写生となっている。

夜焚火人のま黒き背に近より

大正十一年十二月、野村泊月を雑詠選者として、櫻坡子や爽雨らによって、「ホトトギス」系の同人誌「山茶花」が創刊された。爽雨はその編集を担当している。昭和七年には、櫻坡子らとともに「ホトトギス」同人となった。まだ三十歳に満たぬ若さであった。昭和十一年、泊月が「山茶花」の雑詠選者を辞任し、櫻坡子、爽雨、森川暁水の三人が選を担当することとなった。その発端はともかく、結果から見れば、泊月の雑詠選に批判的な若手によるクーデターとも思われた。新生「山茶花」の出発である。以後昭和十九年の俳誌統合によって「山茶花」が廃刊となるまで、爽雨は屋台骨として「山茶花」を支え続けた。

この間爽雨は自らの写生を求めて苦闘した。櫻坡子が「写生の外に俳句はない」と写生を強調していたこともあり、爽雨も客観写生の俳人ではあった。しかし平明な客観写生は、ややもすると平板なただ事の報告に堕してしまう。他方、主観を表に打ち出した句や理知的な句は、人目を引くかもしれないが、余情に欠ける。虚子の写生をどのようにして爽雨の写生とするか、爽雨の俳句人生を貫いたのは、まさに写生の道の追求であった。

昭和二十年、爽雨は住友電気工業の東京支店開設のために、東京に転勤となり、翌二十一年には「雪解」を創刊した。またこの年の正月から始まった「茅舎研究会」に参加し、松本たかしや歌人の吉野秀雄との交遊を深めた。この二人は、爽雨にとって、「写生道」を共にする同志でもあった。昭和二十四年、会社を退き、以後は「雪解」の主宰に専念することとなる。昭和四十一年に第八句集『三露』を上梓、翌年、この句集を初めとする業績によって、第一回蛇笏賞を受賞した。吉野秀雄は第一回迢空賞を同時に受賞している。

爽雨が亡くなったのは昭和五十八年（一九八三）六月二十九日、八十一歳であった。

二、写生への覚悟

ところで泊月に対する批判は、「山茶花」の内外から、大正の終り頃からすでに洩らされていた。その雑詠選が低調であったからである。それは泊月の平明な句に対する批判でもあった。爽雨らは単なる平明に終わらない客観写生句を求めた。それぞれの写生でもって、泊月の句風を乗り越えようとしたのである。その意欲の表れが、昭和に入って間もなく結成された「無名会」である。「山茶花」の編集委員が中心となり、京阪の実力者が集まり、月一度句会が催された。熱気のある句会となった。

「選句がはじまると、採りあげる句に感嘆する声があちこちから洩れた」。披講にうつると、「一人々々の血肉の中に、読みあげられる一句々々がしんしんとひろがりわたるのを感じた」。それらの大方は、四Sの二人でもある青畝と誓子の句であった。

そのような中にあって、爽雨は「出来るだけ胸を張り、肩をいからせた。ひそかな私の反抗の姿勢である」。爽雨には反骨精神があった。

叙情の激流・官覚の香気、こうしたものになじむまい、押し流されまいと身構えたのである。即ちここでも、写生ということと客観というものを見失うまいと、それらにしがみつきながら抵抗しつづけたのである。

とりわけ爽雨は誓子に対して肩をいからせたようだ。誓子の唱えた「写生構成」という言葉にも「何か人為を感じ知を感じて、かすかな反駁をおぼえた」という。すでに虚子は述べている。自然は偉大で創造的で変化に富んでいる。これに比べると人間の頭は小さく単調である。「写生という事は此自然を偉大とし、創造的として、変化に富んだものとする信仰の上に立つのであります」。爽雨の写生は、この虚子の考えにあくまでも忠実であろうとする。

構成も何も、すべて自然が果たすものでありまた果たし得ているものなのである。自然がすでに構成している、それをそのまま見出してそつくり掬いとる。

これが写生の「純心なもの」であり、人為的構成は「配合趣味の裏返しにすぎない」。爽雨には大勢に同調しないという反骨精神がある。青畝や誓子らの句に新しさを認めつつも、そこに違和感を覚えたのである。とりわけ誓子の句に対して、客観写生をないがしろにするものではないかと警戒しているようだ。

このような新しい波の中にあって、爽雨に感銘を与えたのは、松本たかしの句であった。たかしに始めて会ったのは、昭和五年の秋、名古屋で催された俳句大会においてである。その翌日、若き橋本鶏二の言葉に思わずかっとなって、写生の大切さを説教したのも、写生に苦闘する爽雨ならではのことであった。その後と思われるのであるが、たかしは岐阜県の苗木の塚本邸に滞在し、翌年の「ホトトギス」三月号に「恵那十日句録」五十句を発表した。

網の面にかゝり輝く小鳥かな　たかし
庭山の茸とらであり我等ゆえ

実を言えば、櫻坡子にも〈朴の葉のかゝり揺れをり小鳥網〉の句がある。しかしたかしの「網の面に」の句には及ばない。このたかしの力作に誘われて、爽雨は翌六年の秋に木曾の坂下を訪れ小鳥狩を実見した。さらに七年には、苗木に赴き、たかしが滞在した塚本邸に一夜を乞い、「同じ裏山と炉辺に一日一夜を送つた」。

茸きたれし檜葉のうちなる鳥屋師かな
炉辺たのし夜食のものを朴の葉に
酒と茶のやかんがまぎれ炉辺たのし

爽雨は泊月に物足りなさを感じ、他方では青畝と誓子の新しい句に対して違和感を抱いていた。たかしの句に出会うことによって、ようやく写生の方向が定まったのである。それは自然の偉大さと創造性を説く虚子の考えの爽雨なりの理解であった。写生とは、「自然がすでに構成している」ところのものを、その自然から「そのまま見出してそつくり掬いとる」という技に他ならない。

こうして爽雨が自らの写生の方向を確かめつつあったときに、「山茶花」の雑詠選者交替の事件が起こったのである。五十四歳の泊月と直接対決したのは、三十四歳の爽雨であった。結果として「山茶花」の半数の会員が、泊月とともに去って行った。「写生道を復活し高揚しなければならぬ」。俳句に対する爽雨の覚悟は、ここに定まったというべきであろう。

三、一人々々の道

爽雨の第一句集『雪解』は昭和十三年に上梓された。その「序」において、虚子が言うには、爽雨は「その年少にして既に老成した態度」であり、景色を叙するにも人事を叙するにも、「気の利いた才走つた着眼点」がある。それは「作者の心が常にひきしまつてゐる」からである。「心が常にひきしまつてゐる」とは、写生に弛みのないこと、一句をなす言葉のすみずみにまで、神経が行き届いていることを意味しよう。

さら〳〵と又落衣や土用干
鳴子板逆立ちつゝや鳴るはげし
遂に二人に出でし夜寒の渡舟かな

大正九年と十年の句の中からの三句である。「さら〳〵と」のうまさ、「又」の的確さ、まさに才の感じられる一句。薄くて滑りやすい上等な絹織物が想像されるのだ。「逆立ちつゝ」という目の付け所、きわめて的確な写生である。さらに「遂に二人に出でし」という言い方は、渡舟の客が三人になるのを待っていたのだが、ということであろうか、実にたくみな表現。二十歳になるかならぬかという年齢を考えると、たしかに「気の利いた才走つた」句である。

さらに『雪解』の句を見てみよう。

麦笛やおのが吹きつゝ遠音とも
埋め樋の音にこそたどれ紅葉山
のどかさの風鐸空にこはれをり
ごう〳〵と深雪の底の機屋かな
月出づと声のつたはる床几かな
鵜をさばくひまの会釈をくれにけり
舸子の手のぬれて螢火くれにけり
瀬にくだり淵に高まり梅の路
白魚火の近きは雨のそゝぐ見ゆ

「遠音とも」という捉え方、「音にこそたどれ」というかそけさ、「空にこはれをり」という言い回し、「声のつたはる」という表現のたくみさ、「ひまの」という何でもない一言、「手のぬれて」という優しさ、いずれも繊細で優美な写生句である。これらの句の中にあって、「ごう〳〵と」の句は、雪国の機屋を力強く詠った写生句。

さらに『三露』から、印象的な写生句を二つ挙げておく。

籾おろす拳をりをり嘴のさま

霜枯の鶏頭墨をかぶりけり

爽雨は白髪痩躯、いかにも峻厳な人物に見える。たしかにそのような人であったらしい。壁にぶつかったなどと言う門下に対して、本多静江によると、「『壁にぶつかったなどと言えるほどの仕事をしていたのか』と、吐き捨てるように」言った。赤松蕙子によると、常々「どうしてみんなこんなに写生が下手なのだ」と嘆いてもいた。この厳しさは句会の態度にも表れていて、「締め切り前の師の形相は恐ろしいもので、不機嫌とか険悪とでも言ったほうがぴったり、身の毛がよだっていた」と本多は書いている。

爽雨によれば、「写生とは一人々々の道」であり、「おのおの道」である。辛抱強く歩まねばならない自らの道であって、出来合いの他人の道を歩むことではない。何らかの理論を唱えることによって、この道が歩きやすくなるものでもないし、また短縮されるものでもない。爽雨はこの困難な道を一生かけて歩いた俳人であった。

なお爽雨の雑詠巻頭は一回のみで、しかも昭和二十八年四月号においてである。丸ビルでの発行所句会に年尾が遅れてきて、選句済みの句稿が入った風呂敷をどんと机に置いた。鎌倉で誰を巻頭にするか、虚子と相談してきたという。「爽雨君は巻頭になつたことはなかつたかね」と言いながら、虚子が爽雨を巻頭に推したのであった。

第十七章　高濱年尾——二代目の矜持

昭和二十一年秋、「ホトトギス」の六百号記念大会が、全国各地で開催された。長野で開かれたその大会の余興が傑作であった。「年尾さん、どうぞ、こちらへ」、と下座へ招かれたのである。年尾がそちらに進むと、「もう結構です。席にお戻り下さい」と言う。不審に思いながら、元の席へと戻る年尾の背に、一句が高らかに詠みあげられた。

年を以て巨人としたり歩み去る　　虚子

爆笑、喝采である。「長野ホトトギス会の専売特許にすべき」と年尾が言ったとか。

高濱年尾は、明治三十三年（一九〇〇）十二月十六日、東京の神田に、虚子の長男として生まれた。「年尾」と名づけたのは子規である。「門前の小僧」で、開成中学校に通っていたころから、すでに俳句に親しんでいた。「ホトトギス」雑詠の初入選は大正四年十一月号、十五歳である。虚子から勉学の妨げになるとして、俳句を禁じられていたために、「れんげ」という名で投句、二句入選した。

蟻物をくはへて上る墓石かな
かたまつて煙高々と秋の空

会社勤めの間は俳句から遠ざかっていたが、昭和十年、関西に住むようになって俳句に本格的に復帰し、やがて会社を辞して俳句一本となった。昭和十二年末である。雑詠の初巻頭は「ホトトギス」の昭和十年十二月号。十三年、「ホトトギス」が五百号を迎えたのを機に、俳号も「としを」から本名の「年尾」に変えた。二十六年から「ホトトギス」の雑詠の選に当たり、三十四年、虚子の死により、「ホトトギス」のすべてを継承した。虚子亡きあとの「ホトトギス」をよく守っただけでなく、謡、長唄、さらに連句で培った艶のある句によって、「ホトトギス」の俳句にいっそうの幅と奥行きを加えた。亡くなったのは、昭和五十四年（一九七九）十月二十六日、七十九歳であった。

一、虚子の徴兵忌避

虚子について、年尾は貴重な情報をわたしたちに提供してくれている。その一つとして、虚子の徴兵忌避を取り挙げてみたい。この件に初めて注目したのは、わたしが知るかぎり、虚子の研究者で「夏潮」を主宰している本井英である。わたしもある席で本井から初めてこの話を聞いた。

年尾の文章によると（「ホトトギス」、昭和三十二年二月号）、私が小学校を卒業した時の卒業証書の肩書に、沖縄県士族となつてゐたことは不思議に思つた。中学への入学試験の願書の本籍地も従つて沖縄県であつた。〔中略〕何故さういつた本籍なのか父に訊いたことがあつた。昔父の徴兵適齢期の頃は、原籍が北海道か沖縄県であると徴兵免除になる規則があつて、所謂徴兵のがれの為にわざわざ本籍地の変更をしたものであつたといふことである。父は池内家から高濱家へ名義だけの養子といふことになつて居つたので、いつの頃にさうされたのか知らぬが、伯父（父の長兄）が父の為にわざわざ本籍地の変更の手続きを済ませてくれてあつたものと思はれる。

当時、徴兵忌避は、とくに珍しいことではなかった。夏目漱石の場合については研究者の間でよく知られているが、ここでは高村光雲の場合について少し紹介しよう。

明治七年九月に、突然役所から、後に光雲となる中島幸吉のもとに、徴兵適齢であるとの報告が届いた。青天の霹靂である。これから仏師として一修業という矢先のことで、三年間棒に振るわけにはゆかない。そのとき幸吉の師匠が、「私の姉が、独身で私の家にいる。これに一軒持たして、幸吉を養子にすればよかろう」と智恵を出した。徴兵令に「養子」は常備兵を免除されるという条文があったからである。これにより幸吉は養子にゆき、高村幸吉となって、めでたく徴兵を免れたのである。この方法で徴兵を免れた養子を、「徴兵養子」あるいは「兵隊養子」と称したらしい。

徴兵令は何度も改正された。徴兵のがれはしだいに難しくなり、虚子の頃には、光雲の手はもはや使えなくなっていた。しかしまだ合法的抜け道があったのである。明治六年に発布された徴兵令は、北海道と琉球には施行されなかった。明治十五年には北海道にも施行されるようになったが、それは北海道の「函館江差福山」という一部の地域に限られていた。そこで、漱石は明治二十五年に北海道の後志《しりべし》国岩内郡に転籍することによって、徴兵を逃れたのである。琉球は明治十二年に沖縄県となったが、徴兵令が広く施行されるようになったのは、明治三十一年一月一日からである。

虚子に話を戻す。虚子は明治二十七年の二月二十二日でもって、満二十歳となっていた。学業には身が入らず、文学で名を挙げようという野心を抱いて、その年の九月に、碧梧桐とともに、仙台の第二高等中学校を退学してしまう。そのまま在籍しておれば、徴兵猶予が認められたのであるが、この退学によって、虚子は早ければ翌年にも徴兵されることとなった。ここで三年間も兵営生活を送るわけにはゆかない。退学した甲斐がなくなる。文学活動に専念したい、これが徴兵忌避の最も大きな理由ではなかろうか。

虚子の徴兵のがれは、長兄である池内政忠によって行われたかのように、年尾は書いているのであるが、事実はそうではないらしい。本井はその根拠として、明治三十年三月二十八日付の勝田明庵宛の虚子の手紙を挙げている。

［前略］扨先日特に御願申上候沖縄転籍の件、其後当市役所に於て聞き合せたところ　体格検査来る五月二十日との事にて御依托の件夫迄にはとても間に合ひ申間敷と甚だ痛心致居候ところ先日御願申上候のち当地に在る小生朋友の其の朋友に親しく那覇港にあり候ものある由聞き及び　其男に依頼して電報にて運べば間に合ふやうの予□故　一先づ其方にて相運び可申　この事情ご憫察我儘との御叱りなく一応御見合はせ被下様奉願候［後略］

明庵へは三月四日付の手紙においても、「いつか御依頼申上候沖縄県転籍の義」とこの件について述べ、奔走しても事がうまく運ばず、「甚だ困却致居候」と苦境を伝えている。「北海道」にも触れている。ところが、二十八日の手紙に書かれている友人の伝によって、五月二十日の徴兵検査が迫るなか、虚子の沖縄転籍が実現したのである。

本井が指摘しているように、退学後の「虚子と池内兄弟の共通の問題」は、「虚子の徴兵猶予をどうやって提出するか」というところにあった。それに悩みながら明治三十年となり、本井の言う「大畠いととの結婚を契機に」、にわかに、徴兵猶予ではなく、転籍が実現したということであろうか。

ここで一つの想像を禁じることができない。虚子が漱石と初めて会うのは、明治二十八年四月、松山においてである。また明治二十九年二月にも松山に帰省し四月まで滞在、漱石と会っている。いずれも漱石が北海道に転籍を果たした後のことである。徴兵に怯えている虚子が、漱石から転籍の件を具体的に聞いた可能性がないとは言えない。

二、荻江節

虚子が能楽に親しんだように、年尾は長唄に親しんだ。もともと歌うことが好きであり、また得意でもあったようだ。子どものときから謡を虚子に習っただけでない。小樽高商在学中には、長唄の稽古を始める一方で、東京音楽学校出の教授夫人について声楽まで学んでいる。長唄の稽古は幾たびか中断をはさみながらも続けられ、関西に住むようになっていよいよ熱が入り、昭和二十一年からは、吉住小次郎師匠に正式に入門して精進を重ねた。「声が立つ」ということで、筋もよかったらしい。「声の調子は四本といふ高さ」という。昭和三十三年からは、荻江之友師について、長唄の流れである荻江節に親しみ、のちには名取にまでなっている。

荻江節の「無上の楽しさ」を享受しつつ、年尾は能楽に親しんだ虚子について、さりげなく書いている。

虚子が謡をうたふことに僅かな暇を盗んでも親しんでゐたのは、単なる楽しみではなかつたと思ふ。それだからと云つて、私が荻江に親しむといふ弁解にしてゐるわけではない。年尾が長唄に親しみ、荻江節に親しむのも、単なる楽しみからではないようだ。同じ伝統的芸として、俳句の道と密かに繫がっているという思いがあったのではないか。ここから、さらに大胆に言えば、俳句にかぎらず、長唄等の稽古によって身についた芸、またそれによって養われた身のこなし、ものを見る目が、俳人年尾の背骨を作ったのではと思われるのだ。秋櫻子や素十に代表されるような学校秀才とは一味違う教養が、そこにはある。体で覚えた芸である。時流に流されることなく、右顧左眄することなく、わが道を歩むことのできた年尾の強さは、伝統的芸の一徹に通じるものであった。稲畑汀子は父である年尾について書いている。

年尾はかたくなと思えるほど虚子の教えである客観写生、花鳥諷詠の道を守りとおした。それは虚子につけ加えるべきものは何もないという信念と同時に、虚子を継承出来るものは自分以外にないという年尾の自信に基づくものであった。

虚子を継承するとは、「花鳥諷詠」の伝統を身体でもって受け継ぐことである。それは伝統的芸を継承することと本質的には変わらない。「ホトトギス」を継承することの意味を、年尾は誰よりもよく知っていた、と言うべきかもしれない。

三、潤いと艶のある句

年尾の句の特長は、何よりもその客観写生句にある。『年尾句集』(昭和三十二年) から抜いてみよう。

踊る人月に手を挙げ足を上げ
麦踏の一つの姿手を腰に
わが橇の馬が大きく町かくす
投げられし風呂敷の如椋鳥空へ
薄氷に投げしものなほ乗つてをり
雪雲に青空穴の如くあく
屋根の雪ずりて厚さを見せてゐる

「踊る人」の句、「麦踏」の句、いずれも体の動きの本質を捉えて、ぶっきらぼうに叙したもの。「薄氷」「雪雲」「屋根の雪」、これらの句も、これ以上表現のしようがないほど、端的にかつ具体的に対象を写生している。一体に年尾の客観写生句は、線が太く、輪郭が明瞭で、朦朧としていない。そのために、このような句だけを見れば、やや硬質であるとの印象をわたしたちに与える。

ちなみに「わが橇の」の句について言えば、その句中の「町かくす」は、元は「道かくす」であった。「町かくす」と虚子が直したのである。実景としては「道かくす」であるが、「町かくす」と直されて「この一句は大きな価値が生れた」、と年尾は述べている。

さて、年尾の句にはまた別の一面がある。昭和十年、年尾は虚子から勧められて『猿蓑』の研究を始めた。翌年には「誹諧」を創刊し、連句の研究と実作に熱心に取り組んだ。連句を巻くには、前句を十分にみずからのものとして、次の句の付け味を考えねばならない。ここでは、客観写生という俳句の方法とは異なった作法が求められるであろう。

突き放す水棹や岩のすみれ草

昭和十九年の作である。虚子はこの句には「しおり」があると評したのであるが、このような句が詠めるというのも、連句に精進した証かもしれない。連句の実作によって、年尾の句にいっそうの幅と奥行きが生まれた。謡や長唄などで培われた伝統的情趣も、年尾をこの方向へと誘ったように思われる。

　こうして潤いと艶のある年尾独特の芸が生まれた。ゆとりある詠みぶりの中に、自然を前にした年尾の呼吸とともに、人生についての洞察の深さをほのかに感じるのである。

土器に浸みゆく神酒や初詣
除夜の鐘撞きに来てゐる鳥羽の僧
かるたとる手のすばしこく美しく
炭つぐにつけても性や荒々し
お遍路の美しければあはれなり
東山低し春雨傘のうち
一日の雨蜩に霽れんとす
秋扇をもて指すけはしかりけるよ
番組を咥へ春雨コート脱ぐ
踊髪とけばもの落つはらくと
福笹をかつぎ淋しき顔なりし
菊なます色をまじへて美しく

その昔よりの千鳥の洲なるべし
花だより紀三井寺よりはじまりし

第十八章　長谷川素逝——戦争と抒情

昭和十二年七月七日、北京郊外の盧溝橋付近で発砲事件が勃発した。これをきっかけに日本は日中戦争に突入したのである。多くの将兵が大陸に派遣された。それら将兵によって多くの俳句が詠まれたが、銃後にあっては「戦火想望俳句」という徒花も咲いた。その中にあって、『砲車』（昭和十四年）一巻により戦線俳句の第一人者とみなされたのが、長谷川素逝である。その故をもって、敗戦後は虚子や富安風生らとともに、「俳壇戦犯」として指弾されることにもなった。うさみとしおの名著『長谷川素逝 圓光の生涯』（平成十七年）によって、悲劇的とも言える素逝の生涯が明らかにされたが、抒情俳人である素逝の心のうちは、理解しがたいままに残されている。

一、早すぎる死

素逝は明治四十年（一九〇七）二月二日、父長谷川茂吉《しげきち》と母とみとの間に生まれた。本名は直次郎である。茂吉は大阪砲兵工廠に勤める陸軍技師であったので、出生地は従来大阪であると記されてきた。ところが石田ひでおの著書『長谷川素逝――その生涯と遺せしもの――』（平成二十七年）が紹介している「戸籍申告書」によって、あらたに津市である可能性が生まれてきた。それは昭和二十年八月一日に直次郎が津市に提出したものであり、素逝の妻の実家に保管されていたのである。そこに津市の乙部において出生と記されている。
大正二年に大阪の小倉尋常小学校に入学、三年生の夏に転校し、大正八年に卒業したのは津市の養正尋常小学校である。津中学校を経て大正十三年に第三高等学校に進学した。中学時代に詠んだ句が残っているが、素逝が本格的に俳句に志すようになったのは、昭和二年からであるらしい。鈴鹿野風呂と田中王城に師事し、「京鹿子」と「ホトトギス」に投句した。昭和三年、京都帝国大学に進学。その年の八月号において、「ホトトギス」の雑詠に初入選を果たした。

五月雨や開山堂の夕勤行

虚子に初めて会ったのは、昭和三年十月十六日である。入洛した虚子を迎えて、楽友会館にて「虚子先生歓迎京大三高俳句会」が開かれたのである。雑詠の初巻頭は、昭和十年の五月号。その中の二句を挙げておこう。

トンネルの櫻並木や駒をやる
駒並めて行くに行く手の花吹雪

その間、昭和八年の「京大俳句」創刊に参加し、その幹部同人として活躍した。しかし季をめぐる井上白文地との論争を経て、昭和十一年には「京大俳句」を退くことになる。
昭和十二年、素逝は砲兵将校として中国に出征した。南京攻略戦にも参加している。昭和十三年には雑詠巻頭五回を数え、素逝の聖戦俳句は「ホトトギス」によって世に喧伝された。それら従軍中に詠まれた句を集めて、昭和十四年、『砲車』が刊行された。虚子はその「序」において、戦線において詠まれる句は、それぞれ自らの経験に基づいた力強いものであるが、「それらの中にあつて我が素逝君の句は一頭地を抜いて居ると言つてよい」と賛辞を惜しまなかった。大陸の景を詠んだ穏やかな句がないわけではないし、またヒューマニズムにあふれた人事句もあるのであるが、ここではあえて素逝の名を高からしめた聖戦俳句を二句挙げておこう。

みいくさは酷寒の野をおほひ征く
おほきみのみ楯と月によこたはる

従軍中に肺を病み、病院船にて日本に送還されたのが昭和十三年の秋である。退院後の昭和十五年、第十一章の佐藤念腹において触れたように、甲南学園の理事で「ホトトギス」の俳人でもあった関圭草の推挙によって、甲南高等学校の教授として赴任するのであるが、昭和十八年には再発。休職し、転地療養生活に入る。しかしスポーツで鍛えた体力に自信があった素逝である。句会に吟行にと、療養に専念することができなかった。昭和二十年四月には復職、当時の校長は実態からかけ離れた理想を説く天野貞祐である。それに反発して多くの教員がやめる中、素逝は真面目に頑張りすぎたのかもしれない。八月には空襲によって家と家財を失い、ついに敗戦を迎える。十月に喀血、以後三重県に転居、熱の身をおして句作に邁進した。命よりも俳句を優先したのである。昭和二十一年（一九四六）五月に病状が急転、七月に国立三重療養所に入院した。亡くなったのは十月十日である。まだ四十歳に満たない若さであった。虚子は早すぎる死を悼んで詠んだ。

まつしぐら爐にとびこみし如くなり　　虚子

二、「前線俳句鑑賞」と天皇批判

敗戦前、素逝は松阪の松ヶ崎の刀根《とね》濤里《とうり》宅にて「聖戦俳句集」を書き続けていた。これについては、素逝の最も古い弟子の一人である藪谷遊子がすでに伝えていたが、それが正しくは「前線俳句鑑賞」であることが、石田ひでおの著書によって明らかになった。石田が紹介しているのは、「前線俳句鑑賞」（ソノ三）である。もともとこの原稿一切は、濤里に譲られたものであったが、何らかの事情で散逸してしまったらしい。「ソノ三」が素逝の妻の実家に保管されていたのである。前線で詠まれた八十四句の鑑賞である。石田によって紹介されたのはその一部であるが、戦争に対する素逝の思いは十分示されている。

海征かば夏の雲立つところかな　　清水能孝

［前略］夏雲もりもりと屹つ四方の水平線、その洋心をなほ南へすすむ船上、この海原を睥睨し、この夏雲を仰いで、満々たる雄心に身をふくらませてゐる作者が感じられて来る。ああこの心の鬱勃たる高鳴り、四方に屹つこの夏雲にかこまれて征くこの心の何と男子たるの本懐にふくるることぞ、ああ夏雲屹ちかこむこの豪快な海こそ、男子として悔ひなき死に場所だ、そんな風にふくれあがつてゐる心が感じられて来る。［以下略］

作者の清水能孝は、京都帝国大学の学生時代から「ホトトギス」に投句している。おそらく学徒出陣により海軍に入ったのであろう。さて素逝の鑑賞の昂りは、昭和十三年作の「みいくさ」の句や「おほきみ」の句にうかがえる心境と同じである。素逝にとって、「おほきみ」の戦争は正義の戦いであった。素逝には「おほきみ」の忠実な「赤子」であるという自己認識があった。『砲車』に見られるメンタリティーは、けっして一時的なものではなく、素逝のなかで少なくとも敗戦に至るまで持続している。ところが昭和二十一年、素逝は昭和天皇を批判する句と短歌を書き記すのである。

昭和二十年末から二十一年五月初めまで、素逝は三重県の根倉の中川与惣右衛門宅の離れに、家族とともに身を寄せていた。そこから斎宮に転居する際に、弟子の須賀水棹《すいかん》に、世話になった礼として自筆の「根倉句抄」を贈った。その中に次の句が含まれていたのである。前書きにある「ふみ子」とは素逝の妻である。

二月二十日　ふみ子の弟ブーゲンビルにて戦死の報　二年後の今に至りてとどく

弟を返せ［空白］を月にのろふ

この事実は、親井牽牛花《ちかいけんぎゅうか》の一文「長谷川素逝」（「俳句研究」昭和五十二年十月号）によって、〈弟を還せ天皇を月に呪ふ〉という句として知られることとなった。実はそれ以前に、素逝の周辺ではこの句の存在はすでに知られていた。遊子は、自宅に素逝を泊めた夜、次の句を示されたと「菜殻火」（昭和四十年九月号）に書いている。

弟を還せ天皇を月にのろふ

この句は弟子の間に衝撃を与えた。牽牛花のように、「もとより天皇個人を対象としてではなく、戦争自体を呪い抜く直情の吐露」と解釈し、あえて空白の二文字に「天皇」ではなく、「戦争」を当ててこの句を理解しようとする人もいた。水棹自身は、伏字の解明は先生を冒瀆することになるとして沈黙を守った。さらに「根倉句抄」を紹介する際には、この句や以下に紹介する短歌を削除するということも行われた。それらは俳句ではないという、好都合な理由があったからであろう。

四月十七日には短歌を二首詠んでいる。「根倉句抄」に短歌が含まれていること自体奇妙なことであるが、たしかに憤りを表現するには、俳句よりも短歌のほうが適している。

○○よなれゆゑ死にし人のあまたのここにもひとりなれも亦死ね
○○は神にあらずと汝は言ひぬ思ひあがるなあたりまへのこと

一首目は、ふみ子の弟を念頭においている。二首目の素逝の怒りは、昭和天皇の「人間宣言」によって火が付いたものである。素逝は皇軍の実態を知らないはずはない。それにもかかわらず、そこには理念としての「おほきみ」の「みいくさ」があった。皇軍の残虐非道を非難することは当然としても、それによって「みいくさ」までも否定されるべきではない。なぜならそれは「おほきみ」の「みいくさ」だからである。この「おほきみ」の「赤子」であった素逝は、「人間宣言」によって裏切られたのである。「おほきみ」に対する怒りは、素逝自身の愚かさに対しても向けられたに違いない。

さらに四月二十一日には、次の歌が書き付けられている。


咢堂もつひに口のみの人なりしうけずといひし代議士をうけし

尾崎咢堂（行雄）に対する批判である。政界引退を表明していたにもかかわらず、昭和二十一年、周囲の声に押されて、衆議院議員に三重県から出馬して当選、新生日本の代議士となった。

要するに素逝は、「人間宣言」をした天皇も、憲政の神様として尊敬を集めていた尾崎咢堂も信じてはいない。今さら口先の言葉で納得できるものではないし、それによって慰められることもない。その場の口先だけの物言いにうんざりしている。

「おほきみ」の幻影は無残に崩れ、病が進行する中、心の支えとなるのは俳句のみとなった。

三、抒情俳人

素逝は軍人にありがちな粗野な人ではなかった。繊細でナイーブな心を保ち続けた優しい人であり、多くの人がその人柄に魅かれた。遊子は書いている。「目を細めて笑ふときは女性的なやさしさがあった。物質には淡泊であり、人に媚びるということが全々なく、一切人を区別することを知らなかった。人を信んずることが人一倍であった」。このような素逝は一貫して抒情俳人であった。例えば句集『村』（昭和二十一年）は、昭和十五年から二十年までの句を集めたものであるが、その序文に次のように書かれている。

村は私の心を何かしらやるせないまでのあたたかさでくるんでくれ心やすめてくれた　村の全てのくらしが土と季節につながつてゐる為の　その土や季節のあたたかさなのでもあらう［以下略］

素逝の抒情は、村の暮らしに根ざした、なつかしくも甘い郷愁をさそう抒情である。晩年においては、孤独の中にいのちを見つめる沈潜した抒情ともなった。『定本素逝集』（昭和二十二年）から、いくつか挙げておこう。素逝は病床でこの句集を編集し、その出版を見ることなく亡くなった。『砲車』からは、かつて絶賛された聖戦俳句ではなく、落葉を詠んだ三句が収められているのみである。そこに素逝の自己批判を窺うことができるかもしれない。

かさといふくぬぎ落葉に山日和

山の子にけふが暮れゆく獅子の笛
ふりむけば障子の桟に夜の深さ
温かき雨のにほひの夜気にふれ
子は母と麦の月夜のねむい径
谷は夕焼子は湯あがりの髪ぬれて
榧の実は人なつかしく径に降る
いちまいの柿の落葉にあまねき日
しづかなるいちにちなりし障子かな
圓光を著て鴛鴦の目をつむり

終りに、三重療養所で詠まれた句を挙げておく。素逝の無残な命を、ひたすら不憫と思う他はない。

咳きて起きて坐りて蚊帳の闇の中
咳いて泣きしことををかしと妻はいへど
咳くことに堪ふる両手をついて俯す

第十九章　福田蓼汀——憂愁の山岳俳人

日本に近代的な登山が始まったのは、明治に入ってからのことである。イギリス人のウェストンによって、アルピニズムが日本に移入され、明治三十八年には、小島烏水を会長に日本山岳会が結成されている。修験道などの宗教的目的から自由に、あるいは狩猟といった生活上の必要を離れて、山に登ること自体に大きな意義を見出したことは、考えてみると不思議なことではないだろうか。都会生活の喧騒や人間関係の煩わしさからの逃避というだけではない。登山そのものに積極的な意義を見出し、山岳俳句の第一人者となった俳人が福田蓼汀《りょうてい》である。

一、福田中将の長男

蓼汀は明治三十八年（一九〇五）九月十日、山口県の萩に福田彦助、ムメの長男として生まれた。本名は幹雄である。彦助は陸軍中将であり、日露戦争の折には、乃木希典大将の副官の地位にあった。乃木大将とロシアの将軍ステッセルとの水師営での会見にも同席している。その写真からは、明治の軍人を象徴するような威厳と自信がうかがえる。

蓼汀の弟子である岡田日郎は、蓼汀の人生における蹉跌をいろいろと語っているが、その最初はこの福田中将の長男として生まれたことかもしれない。英雄である父の意向に、蓼汀は逆らうことができなかった。京都帝国大学で考古学を勉強したいと思っていたそうであるが、父の反対により進路を法科に変え、しかも東京帝国大学に落ちて東北帝国大学に進学する他はなかった。父の意に背いてわが道を行く気概が、蓼汀には欠けていたのである。もちろん蓼汀は父を嫌っていたわけではなく、むしろ尊敬していた。岡田の文章を読みながら、蓼汀の生涯にわたる精神のありようを根底において規定したのは、この父の存在であったように思えてならない。

虚子は『山火』（昭和二十三年）の「序」において、句を列記して述べている。「福田中将の息であるといふことが、何となく君の品性を裏附けて良家の出であるといふことを思はしめる」。同時に句を挙げつつ言う。「多少憂鬱の影を其眉宇の間に漂はせてゐるかの感じもある」。「何となく暗い陰がある。これは近代人の共通の性質かもしれない」。近代人の性質に、ただちに父と子の相克をもってくるというのは乱暴な物言いではあるが、たしかに父と子の相克は、日本では明治になって初めて噴出し、また自覚された近代的なものであった。

さて蓼汀が虚子に入門したのは、大学卒業後のことであった。仙台には「雲母」支社の句会として「陽炎会」があった。それが発展して、小宮豊隆教授を会長とする句会になったらしい。そこに蓼汀も参加していた。卒業の送別句会で、小宮教授は「蓼汀君送別」という前書で詠んでいる。

床の梅や、にくれ行別れかな　蓬里雨

「蓬里雨」とは「豊隆」の音読みをもじったものである。この句とともに、東京に行ったら高濱のところへ行くようにと紹介状を書いてくれたのである。こうして昭和六年、蓼汀は丸ビルに虚子を訪ね「ホトトギス」に正式に入門した。二十六歳であった。ここに「正式に」というのは、それ以前の熊本時代に「ホトトギス」の俳人でもあった母、無聲女を通して杉田久女を知り、仙台の学生時代には同じ「ホトトギス」の俳人である、阿部みどり女の「駒草」の俳人たちと交流があったからである。

東京では会社勤務のかたわら、「東大俳句会」に加わり研鑽を重ねた。「ホトトギス」の雑詠の初入選は、昭和六年八月号においてであった。いかにも「ホトトギス」の句である。

萍の静かにとぢぬ舟の道

昭和十五年九月には、「九羊会」のメンバーとなった。「九羊会」とは、中村草田男、川端茅舎、松本たかし、深川正一郎、京極杞陽、星野立子、中村汀女、池内友次郎《ともじろう》、蓼汀の九人の子羊の会であり、虚子がそのように命名した。蓼汀は「ホトトギス」本流の期待の若手であった。その年の十二月には同人となっている。雑詠の巻頭になったのは、昭和十六年十二月号においいてであった。その二句中の一句。

夕顔の咲きては減りて月も虧け

昭和二十三年十一月に「山火」創刊。波多野爽波、橋本鶏二、野見山朱鳥《あすか》と「四誌連合会」を結成したのが、昭和三十二年末である。とりわけ朱鳥と気脈が通じることが多かった。昭和四十四年の夏、奥黒部において最愛の次男が遭難死するという悲劇が蓼汀を襲った。悲嘆の深さは言うまでもない。その悲しみを詠んだ「秋風挽歌」によって、第四回蛇笏賞を受賞した。しかし蓼汀は、この悲劇から生涯ついに立ち直ることはなかったように思われる。亡くなったのは、昭和六十三年(一九八八)一月十八日、八十三歳である。

二、指導者としては落第

宇佐美魚目は友人の馬場駿吉とともに、橋本鶏二の意を受けて、一度だけ杉並区永福町にある蓼汀の自宅を訪ねたことがある。昭和三十三年の八月であった。そのときの蓼汀の「御機嫌は斜めどころではなかった」らしい。這う這うの体で辞去する他はなかった。蓼汀の妻から、「私は深い恩情と慰藉の言葉を受けた」という。「詩人には肉親の支えがどうしても要る」とも思ったそうだ。このような経験に基づいてであろう、魚目は次のように述べている。

詩人は、なにがしか、どこかのところで癇癪持ちでありお天気屋ということは、三十歳そこそこの私でも承知してはいたが……福田蓼汀という人は、その点でもなかなかにしたたかな一級の詩人であった。

岡田はより辛辣に書いている。蓼汀は自らを「お坊ちゃん」と言ってはいたが、たしかにわがままで身勝手なところが多かった。気難しく、他人に対して少々冷酷でもあった。多くの俳人が「山火」を去って行った。「飼い犬に手を咬まれる」のではなくて、飼い主が飼い犬を咬むのだそうだ。「自分は主宰者としての資格がない」と妻にこぼしていたようだが、岡田によると、「本当に主宰者としての技量や度量が足りなかった」、「指導者としては落第だった」。

また蓼汀は、謹厳であり、強直な俳人と見られていた。ところが岡田に言わせると、それは「山火」の外で見せる顔であって、「山火」の内にあっては、「強靱なリーダーというよりは、甘えや泣き節の面の方が遥かに多かった」。よくも悪しくも、「意気地のないくらいに真情を吐露する人」であった。しかし弟子からそこまで言われる蓼汀であれば、その人が「一級の詩人」であることに、いっそう興味を覚えるのも事実である。

さて蓼汀の句は、「ホトトギス」流の写生から始まった。『山火』に収められている句を見てみよう。

流れくるものに夜振の火をかざす
落椿呑まんと渦の来ては去る
山葵田を溢るる水の石《いは》走り
流燈のかたまりくるは明るけれ
年行くと満天の星またたける
水筒のろろんと鳴りて霧の中
雨だれを縫ひつつ蜂の軒づたひ

いずれも堅実で穏当な客観写生句である。その中にあって、「水筒」の句の「ろろん」は出色で、あたかも孤独な山行の胸中に鳴っているかのようである。さらに『山火』には、健康的でほほえましい句も収められている。憂鬱な蓼汀の別の一面を窺うことができよう。

児の笑顔寝顔にかはり宵の春
秋空にさしあげし児の胸を蹴る
福寿草家族のごとくかたまれり

三、山岳俳句

蓼汀の本格的登山は、昭和十四年の八ヶ岳から始まるという。蓼汀の句の本領はこの山岳俳句において発揮された。蓼汀にとって、そもそも登山とは何であったのか。昭和四十五年の第四回蛇笏賞の「授賞感想」において述べている。

山行は私にとつて体当りの人生であつた。厳しく美しい季節の摂理の最も純粋な造化と出会ふ詩心昇華の場であり、生の証《あかし》の場でもあつた。

けっして趣味のレベルの登山ではない。山には、「悠久で純粋で動と静と真実がある。扮飾や虚偽に満ちた塵界から離れた清浄な自然美がある」。それらを詠む山岳俳句は、「厳粛な自然の真実に直接触れんとする俳句」である。花鳥諷詠を山岳俳句において実践したのが蓼汀であった。

山行は静かな情熱の連続である。この足で踏み確かめねばならぬ実証派に通じる。［中略］私は俳句に対しても実証派であるから虚構を許さない。実在として摑む季題を固定化させない為に常に直接対象に触れ確かめねば気がすまぬ。

山行は集団で賑やかに繰り出すものではない。「俳句作家は単独登攀者に似てゐる」。「肉体の労苦に堪へた到達の喜びは霊との交流であり己れに対する勝利でもあらう」。ここでは「あくまで個の克服が基調にある」。これらの言葉から、どこまでも自己の生の根底を見極め確かめようとする蓼汀の生真面目さと、ある種のロマンティストぶりがうかがえる。

蓼汀のもっともすぐれた山岳俳句は、次のようなものであろう。

落日はうすくれなゐの霧まとふ
御来迎禰宜の烏帽子を染めにけり
幽明の境の尾根を月照らす
秋風やいただき割れし燧岳
雲海の音なき怒濤尾根を越す
岳更けて銀河激流となりにけり
髯白きまで山を攀ぢ何を得し
山豪雨全山滝となりにけり

いずれも「厳粛な自然の真実に直接触れ」ている句。蓼汀はロマンティストではあるが、甘い情緒に流れてはいない。「馬酔木」流の上品な高原俳句とは異なり、山に「体当り」をして、

「肉体の労苦」と引き換えに勝ち取った厳しい句である。このような厳粛な句によって、蓼汀ははじめて慰められたのである。

そのような蓼汀をこの上ない悲嘆に陥れたのは、次男である善明の遭難死であった。善明は東京大学在学中から熱心に山に登り、卒業後も山の会に属して活動していた。蓼汀とともに、北アルプスや南アルプスの三千メートル級の山を踏破したこともある。蓼汀は「赤石岳行」と前書を付けて詠んでいる。

我等父子雷鳥親仔と尾根に逢ふ

人なつっこい性格で、蓼汀自慢の息子であった。この善明が昭和四十四年八月十一日、奥黒部の「奥黒部ヒュッテ」を発ち、「平ノ渡し」に向かったまま消息を絶ったのである。蓼汀によると、「午前八時三〇分より九時の間、鉄砲水、もしくは土砂崩れにより黒部湖に押し流され、または土砂に埋没したものと推定される」。

秋雲一片遺されし父何を為さん
秋風や遺品とて磧石ひとつ
稲妻の斬りさいなめる真夜の岳

焚火消す葬るごとく砂をかけ

まさに「真情を吐露」した句。句集『秋風挽歌』（昭和四十五年）の後記に蓼汀は書いた。「最も山を愛する私が、最も愛する息子を、山で失った悲しみ」と。こうして蓼汀の晩年およそ二十年間の山岳俳句は、息子を悼む挽歌となってしまった。なお昭和五十二年には、『黒部の何処に』が刊行されている。遭難の真実を克明に明らかにしようとする、父親である蓼汀の執念が込められた一書である。

第二十章　京極杞陽——静かなる美

大正十二年九月一日、関東大震災が起こった。この日は鎌倉の妙本寺にて、島村元の初七日の法要が執り行われることになっていた。虚子はそれに備えて在宅中であった。家は半壊し、虚子一家は、座敷の正面の木立の中に畳を敷いて蚊帳を吊り、その上に襖を載せて不安な一夜を明かした。蚊帳を吊ったのは、虚子が日頃から蚊をひどく嫌っていたからである。虚子にとって、俳句は平凡な日常の中に浸透している、季を詠むものであった。震災は戦災と同様に非日常的なもの、非常事であり、俳句の直接の対象とはなりにくい。

京極杞陽はこの震災で家族を失い、みずからも九死に一生を得た俳人である。震災の経験が、俳句に影響を及ぼしたかどうか、またどのような影響を及ぼしたのか、それはたとえ本人であっても明確にはわからないであろう。ただ一見能天気とも思われる杞陽の句について考えるとき、震災の経験という補助線を引くことが、ある程度は有効ではないかと思われる。

一、お殿様

杞陽は明治四十一年（一九〇八）二月二十日に東京の本所区亀沢町に、父、高義、母、鉚《りゅう》の長男として生まれた。本名は高光である。京極家は兵庫の豊岡藩主の家柄であり、祖父の代に子爵に叙せられている。住んでいたのは古い旗本屋敷である。庭に四百坪ほどの池があったというから、相当大きな屋敷である。ここで杞陽は地震に見舞われた。学習院の中等科在学中の十五歳であった。

警察から、向かいにある陸軍の被服廠跡へ避難せよとの触れが出た。そこに天幕でも掘立小屋でも立てようかと、避難とはいえ幾分かは暢気に、父母兄弟が使用人を引き連れ十五六人で門を出て、被服廠跡へ向かった。杞陽は父から用箪笥を運ぶよう命じられ、老僕と屋敷に残った。これが家族との別れとなったのである。

被服廠跡は竜巻のような炎に襲われた。熱風と火焔の被服廠跡は、昼であるにもかかわらず、夜のような闇であったという。この場所で三万八千人が亡くなった。杞陽も両親と祖母、弟二人妹二人の七人の家族を亡くしている。使用人たちも犠牲となった。屋敷は焼失、焔の中を走って杞陽は命を取り留めた。

杞陽は学習院の高等科を卒業したあと、東北帝国大学、京都帝国大学を経て、昭和五年に東京帝国大学に進学し、昭和九年に卒業。その間、昭和八年には、大和郡山藩主であった柳沢伯爵家の娘と結婚している。昭和十年から十一年までヨーロッパに外遊、その一冬スイスでスキーに熱を上げ、春にはベルリンで虚子歓迎の句会に顔を出した。

その句会は昭和十一年四月二十六日のことである。杞陽はすでに自作を百句ぐらい書き記していたと言うし、また「ホトトギス」を四冊買ったとも言っているので、もともと俳句に関心がないわけではない。しかしこの句会で虚子と出会ったことが決定的であった。一句が虚子選に入った。

美しく木の芽の如くつゝましく　　京極高光

この句を選んだのは虚子だけであった。伯林句会はこの一回で終わってしまうのであるが、のちに虚子は書いている。「伯林句会はたとひ一回きりで中絶してしまつたにしましても、此の一人の杞陽君を得たといふことだけでも、意味の有ることであつたと思ひます」。虚子のヨーロッパ外遊は、京極杞陽を見出す旅ともなった。帰国後、杞陽は宮内省に式部官として奉職した。

「ホトトギス」の雑詠初入選は昭和十一年九月号においてである。ベルリンから京極高光の本名で投句している。

旅客機の翼まばゆき新樹かな　　京極高光

きわめて斬新な感覚の句。俳句に「旅客機」という言葉が使用されたのは、これが嚆矢かもしれない。俳号「杞陽」が「ホトトギス」に登場するのは、同年の十一月号からである。

初巻頭は昭和十二年十一月号。登場から一年少々、異例の速さであった。その四句のなかから二句を挙げておこう。

麗しや天の河といひ木星といひ

香水や時折キッとなる婦人

昭和十五年、「ホトトギス」同人となる。昭和二十年、空襲に遭い、豊岡のお屋敷である亀城館に帰った。それ以前の昭和十八年頃のことらしい。山田弘子は母に連れられて、亀城館に「拝謁に伺った」ことがあるという。「門を入り大玄関の式台から大広間に通され、居住まいを正して居並ぶ人達に混じった。やがて、母にならって深々と御辞儀し面を上げると、上段の間にはお殿様という人が坐っておられた」。

昭和二十一年、宮内省をやめて俳句に専念。豊岡にて「木兎《もくと》」を復刊し、主宰となった。伊藤柏翠らと虚子に随行して全国をめぐっている。柏翠とは年齢が近いうえに、ともに両親のいない中で成長したという境遇が似ていることもあって、とくに仲がよかった。虚子亡きあとも、「常にその言動虚子先生を範とし」、ひたすら虚子を慕った。豊岡にて亡くなったのは、昭和五十六年（一九八一）十一月八日。七十三歳であった。

二、変な呼吸がいゝ呼吸

杞陽の第一句集『くくたち　上・下』（昭和二十一年・二十二年）を見てみよう。農山漁村の風景を、また凡人の日常の営みを、しめやかに詠むという「ホトトギス」の一般的傾向からは、大きく外れている句が多い。意表をつく面白さである。これらが厳選で知られた虚子の目を通った句であることに、驚く人も多いのではあるまいか。

スキー穿き杖もつ人ら揃へば美
都踊はヨーイヤサほほゑまし
櫻草が好きと答へし人が好き
汗の人ギューッと眼つぶりけり
夜寒うれしこの頃われとホ句うれし
ワンタンとありおでんとありセルロイド提灯
スキー術変な呼吸がいゝ呼吸
かの藤は丸々としてモダンなる
麦の秋ゴホは日本が好きであつた

まつぴるま河豚の料理と書いてある
葉牡丹の混乱の線おもしろし
おしるこが出てとびまはる冬の蠅
春風や但馬守は二等兵

冒頭の二句について言えば、「揃へば美」、また「ほほゑまし」という感覚が普通ではない。「ホ句うれし」の句、まるで子どものように、手放しで嬉しがっている。杞陽には大きな子どものような一面があった。「スキー術」の句、詠みも詠んだり、採りも採ったり。「変な呼吸がい、呼吸」とは、杞陽の俳句全体についても言えることかもしれない。これらの句の感覚は、「ホトトギス」どころか新興俳句に近いのでは、とさえ思われる。「二等兵」の句は、昭和十九年、教育召集によって、お殿様が一兵となってしまったときの作である。

これらの句に対する虚子の評価は、次のようなものであった。杞陽の「心持が最よく現はれてゐるのは文章とも俳諧詩ともつかぬ短いもの」である。その心持を「俳句の形が文章程自由に現はすことを許さない」がために、俳句には失敗作も多いのであるが、『くたち』に載っている句は成功した部類に属する。その上で虚子は、「俳句に於て杞陽調を完成するといふことはまだこれからだらうと思ひます。完成した杞陽調は独特の立派なものだらうと思ひます」

と、杞陽の将来に期待を込めたのであった。

さてここで、改めて問わねばならない。これらの俳句に現われている杞陽の「心持」とは、どのようなものなのか。その句を詠もうとする、興味のありかたとは、どのようなものなのか。妙に軽い句ばかりである。胸の奥からほとばしり出た言葉というより、自由な思いつきを、能天気に鼻歌で歌っているような感じ。鷹揚な殿さま芸であるとも思われる。これは杞陽の「心持」の、単なる表面的な現れにすぎないのだろうか。

たしかに能天気と言えばそうなのであるが、わたしたちは、杞陽の句にあの震災の経験という補助線を引いてみることによって、この「心持」をいっそうよく理解できるように思うのである。

三、静かなる美

「ホトトギス」昭和十五年四月号に「あまやかさない座談会」が掲載された。虚子を交えた、草田男、青邨、風生、たかし、水竹居らによる熱い議論である。杞陽は議論を好む人ではない。短い発言を数回しているだけである。そのなかで「私はどうも俳句に之といふ主義はないのです」、と述べているのが印象的である。翌五月号において、この座談会に加わっていたたかしが、杞陽について述べた。

度々逢ふ機会が多くなるにつれて、無主義、無目的といふことや、感覚的に物自体の機微を把握し表現すれば、他に何者も要せずといふやうな杞陽さんの主張を度重ねて聞くやうになつた。〔中略〕此頃では数等その程度を進めて、「表皮」とか「皮相」とか言ひ出しはじめた。

「心といふものは何にでも在ると云へば云へる。把へ難いのは心ではない。物の外表——皮相である。真に皮相を把握して完全に表現出来たら、それは大したことに違ひない」。マアかういふ調子なのである。

次の六月号では、「私の思附きまでの皮相説も歪曲なきことを確めました」という杞陽の手紙が、たかしによって紹介された。杞陽にしてみると、ことさらに心と言うまでもなく、「心といふものは何にでも在ると云へば云へる」のであるから、主義だ目的だと言わないで、皮相を把握し描くだけですでに十分なのである。それ以上のものを現実の背後に求める必要はない。

たかしが言うには、大体杞陽は現代のインテリゲンチャではあるが、「くよくよと考へ込むやうな、所謂インテリ型ではない」。くよくよと考えない。ないものねだりはしない。これは拠るべき不変の基準あるいは原理を初めから想定していない、という意味ではニヒリズムと言えるかもしれない。しかし現実のいまの現れに拠るという点では、卑近な現実を肯定する強固な現実主義であるとも言えよう。事実杞陽は、いわゆる芸術至上主義者ではけっしてなく、家族の幸福を何よりも大事と考えるような現実主義の人であった。

杞陽はたかしとのやりとりを踏まえて、七月号に「静かなる美」という一文を書いた。

私は美といふものは、美価値以外の価値に於ては無価値のものと考へる。一種ニヒリスティックな静かな静かな美のみの美を信仰する。此処には道義も哲学も入れたくないのだ。〔中略〕本当に此処の所では人道主義をも容れないのだ。私は美とは有り得るところに在るものとは考へたくないのだ。

あり得ぬところに生ずるものだからこの美の静かさは一種淋しさに似てゐるのだ。よるべなく虚無的な真闇な大穴のやうな淋しさに似てゐるものだ。

杞陽は言う。たかしに言っていた「皮相」という言葉も、「今にして思へばそれは只何も無い虚無なのではなくて、無いところにあるもの、不思議な妙なるもの、美のみのもの、観念を破つてゐるもの、といふやうなことだつたと思はれる」。

ここで改めて先ほどの『くくたち』の句に立ち返ってみよう。「皮相」でしかない「スキー穿き杖もつ人」、「都踊」、「櫻草が好きと答へし人」、これらに杞陽は「静かなる美」を見出したのである。「あり得ぬところに」、美を感受したのである。それは、積極的にみずからを何ものかであると主張するような美ではない。主義や哲学によって、説明されうるようなものでもない。その美とは、「よるべなく虚無的な真闇な大穴のやうな淋しさに似てゐるもの」であった。

この考え方は、震災のあの経験があることによって、はじめて形成されたものではなかろうか。逆に言えば、家族を失った震災の経験がなければ、杞陽は「皮相」に現れる「静かなる美」を、感受できなかったかもしれない。

第二十一章　森田愛子——滅びゆくものの美しさ

福井県の三国（現、坂井市）といえば、遊女であり俳諧もよくした哥川《かせん》が名を残した湊町である。また若き日の高見順が、祝福されないみずからの誕生に苦しんだ、その出生地として知られている。さらに三好達治が、萩原朔太郎の妹であるアイとの諍いと離婚を挟みながら、数年間を過ごした土地でもあった。そしていまひとり、夭折した俳人、森田愛子が生まれ亡くなった町でもある。愛子は達治とも交流があった。愛子の短い生涯はいたましい限りであるが、同時に多くの人の真心が交差する美しい一生であるとも言えた。三国という古い湊町の一面を物語っているようにも思われる。

一、三国の森田家

森田愛子がこの三国に生まれたのは、大正六年（一九一七）十一月十八日である。父は森田開治、のちに当主を襲名して三郎右衛門を名乗った。母は田中よしである。三国は北前船によって栄えた湊町であり、森田家は代々の豪商として聞こえていた。明治になると各方面に事業を拡大し、明治二十七年、先代の当主によって森田銀行が設立された。福井県の有力銀行の一つである。愛子の父、三郎右衛門は、その頭取であり、この地方一の名士であった。明治三十九年、高見順の父である福井県知事、坂本釤之助《さんのすけ》を接待した宴席に、順の母である高間古代《こよ》を呼び出したのは、この三郎右衛門か、あるいは先代である。大正九年に建てられた森田銀行本店は、県内最古の鉄筋コンクリート造りの建物で、今では「旧森田銀行本店」として国の登録有形文化財となっている。坂井市の観光スポットの一つでもある。

母よしは芸者置屋田中屋の娘で、三国で名の知られた名妓であったという。平成八年に三国町教育委員会によって「森田愛子――その俳句と生涯――」が発行されている。その中に鎧をまとって踊っている子供時代のよしの写真が掲載されているが、いかにも裕福な印象を与える。十八歳のとき、三郎右衛門の妾となった。

愛子は、両親からはもちろん、森田本家の家族からも可愛がられ、何不自由のない少女時代を送った。三国北尋常小学校から三国高等女学校に進み、優秀な成績で卒業した。高等女学校の学芸会では、トロイメライを踊ったという。愛子は音楽や踊りが得意であった。美しい人であった。笑顔のその写真からは、恵まれた環境に育った人であることが、十分にうかがえる。もっとも愛子の遺句集には、〈物心つき冷やかに指さされ〉という句も収められているから、陰口に心を痛めたこともあったに違いない。

昭和九年、高等女学校を卒業したあと、東京の実践女子専門学校に進学し、東京の森田邸から通学した。しかし半年で中退し、郷里の三国に帰った。三国高等女学校の研究科に編入し、昭和十一年に修了している。

昭和十三年、三国病院にて肺浸潤と診断された。転地療養のため母とともに神奈川県の鵠沼に移り、安田徳太郎の往診を受けたという。安田は無産運動に共鳴し、また日本の歴史や性科学をも研究した特異な医者である。昭和十四年夏頃、愛子は気胸療法を受けるために、鎌倉の腰越、七里ヶ浜の鈴木療養所に入った。ここで伊藤柏翠と出会うのである。昭和十四年の夏であった。

二、柏翠とともに

伊藤柏翠は明治四十四年（一九一一）に生まれた。本名は勇である。父は櫻孝太郎、母は大久保喜久。孝太郎は海軍の主計士官であり、旅順に勤務していた。後には海軍主計中将にまで昇りつめた。母は料理屋・待合・芸者置屋という三業界に身を置き、大連で働いていたという。二人はそこで知り合い、柏翠は母の実家のあった東京の三田で生まれた。

生まれてまもなく柏翠は、父の友人の伊藤専蔵の養子となった。専蔵は警視庁に勤めており、孝太郎とは講道館の稽古仲間であった。実家は浅草千束の大地主であったらしい。柏翠は当時としては珍しく幼稚園を経て、千束尋常小学校に入っている。大正期の浅草の空気を吸って少年時代を送った。養母は大変優しい人ではあったが、専蔵とはうまくゆかなかったらしく、離縁されてしまった。柏翠が最初に吐血したのは大正十五年の五月である。その時専蔵は三人目の妻を迎えていた。この養母は吐血に驚き、柏翠に近づくのを敬遠したという。昭和二年、専蔵が亡くなり、柏翠は養子であったことを初めて知った。養母は家財道具をトラックに積み、家を出て行ってしまった。専蔵の両親はすでに亡くなっていたので、柏翠は天涯孤独となった。

当時柏翠は府立第三中学校に在学していた。かろうじて卒業したあと、転地療養として鎌倉に移った。昭和四年、十八歳のときに鈴木療養所に入所している。諸費用には浅草の持家の賃料が当てられたという。昭和二十年二月、愛子の住む三国に移るまでの十七年間、柏翠はひとりで木造の二号舎十二号の個室に寝起きしていた。

療養所の入院患者に松原地蔵尊の弟がいた。その勧めによって、柏翠は「句と評論」に投句していたという。昭和五、六年のことらしい。しかし句風が合わなかったようで、結局「ホトトギス」一辺倒になったのである。「柏翠」という俳号は、『菜根譚』中の「桃李雖艶　何如松蒼柏翠之堅貞」から採られた。虚子に初めて会ったのは、昭和七年、「鎌倉句会」においてである。雑詠の初入選は、昭和七年十二月号。江の島での景であるという。〈うかみ来る顔のゆがめり鮑採り〉。

さて昭和十四年、愛子が鈴木療養所に入ってくると、柏翠は愛子と親しくなり、また愛子の母、よしとも心安くなった。柏翠は生みの母の顔を知らないこともあり、よしに対して母のように孝養を尽くした。柏翠の勧めによって、愛子は俳句に手を染めることとなった。愛子は柏翠を「先生」と、柏翠は愛子を「愛ちゃん」と呼んだ。「ホトトギス」の初入選は、昭和十五年五月号においてである。

化粧して病みこもり居り春の雪

虚子に初めて会ったのは、昭和十六年の元旦であった。柏翠と一緒である。その年の秋、愛子は完治しないままに父の命により三国へ帰って行った。柏翠はその後折にふれ愛子を訪ねていたが、昭和二十年二月に、ついに三国に転居する決断をした。二人とも病身ということもあって、婚姻届は出していない。

昭和二十二年（一九四七）四月一日、愛子は三十歳で亡くなった。しばらくして、句集『虹』（昭和二十四年）が出版された。この一集は「虹帖」と「柏帖」との二部に分かれており、柏翠との共著である。その「虹帖」を見てみよう。

菜の花や二人漕ぎなる潟渡舟
塔頭にして尼寺や百日紅
鵜鍋とりし自在のはね上る

鎌倉の夢見て覚めて雪籠
雪嶺に雪片のごと鷗飛ぶ
紅葉山見てゐて雨の湯宿出ず
我が家の対岸に来て春惜む
粽結ふ母と娘に師は遠し
遊船の日覆の外に人立てる
雪囲もる丶月あり年歩む
船倉を打つ波音や千鳥啼く
病みてより夜の粉雪の音が好き
枕許障子静かに開かれし
考へて泣いて疲れて秋の暮
海鼠腸が好きで勝気で病身で
美しき布団に病みて死ぬ気なく
虹消えてすでに無けれどある如く

「枕許」以下の五句は、昭和二十二年の「ホトトギス」に発表されている。死期の迫りくる中で詠まれた句である。句のよし悪しを超えた愛子の真情が胸を打つ。なお〈我が家の対岸に来て春惜む〉の句は、九頭龍川の対岸から、みずからの家を眺めながら詠んだ句。三好達治は、「何とゆかしく瀟洒でユーモラスな句ではないか」と評している。

三、虹物語

虚子が三国に初めて愛子を訪ねたのは、昭和十八年の晩秋であった。別れるときに愛子らが虚子を敦賀まで送ったのであるが、その車中、虚子が三国の方角に虹が立っているのに気づいた。「あの虹の橋を渡つて鎌倉へ行くことにしませう。今度虹がたつた時に……」と愛子がつぶやいた。

およそ一年後のことである。小諸にいた虚子は浅間の山かけてすばらしい虹が立っているのを見て、愛子に葉書をしたためた。

虹たちて忽ち君の在る如し　　　　虚子
虹消えて忽ち君の無き如し

虚子との文通は愛子の生きる支えとなった。亡くなる直前まで、愛子は虚子を慕った。「すべて先生の光の中に生きてゐるやうな気がする」、と柏翠は書いている。昭和二十二年三月末、虚子のもとに愛子から電報が届く。

ニジ　キエテスデ　ニナケレド　アルゴ　トシ

追いかけるように、柏翠から、愛子が亡くなったことを知らせる葉書がきた。愛子の句も添えられている。

虹の上に立ちて見守るてふことも
虹の上に立てば小諸も鎌倉も

愛子は、右手を母に左手を柏翠に握られながら、枕元で唱えられる念仏に送られるように、みずからも称名しつつ、静かに亡くなったのである。

虚子は愛子の亡くなるまでとその後を、五篇の写生文に仕立てた。まず、愛子をシテにし、柏翠をワキにして「虹」が書かれた。その後「愛居」、「音楽は尚ほ続きをり」、「小説は尚ほ続きをり」、「壽福寺」と続いた。愛子とその母、柏翠の三人が、三国でけなげに生きているさまを、また三人を見守る虚子や京極杞陽らとの心の通いあう機微を、無駄のない余情あふれる文章で書きったものである。愛子を通して、この世に生きることの淋しさと美しさを、虚子は静かな筆致で描いたのである。
ここに虚子の世界が作り上げられた。その世界を純粋なものとするために、不要な情報は一切省略された。例えば、長谷川素逝の死に触れられることはなかった。「音楽は尚ほ続きをり」には、虚子が「虹」の原稿を愛子らに読んで聞かせるくだりが書かれ、次の文章がそれに続く。

其の夜京都から私を迎へに比古が来たので二階に床を三つ並べて比古、年尾と三人で寝た。

素逝の死は昭和二十一年十月十日である。愛居に滞在中の虚子にその死を伝えたのが、京都から来た田畑比古その人であった。「三人で寝た」と、あっさり書けるような話ではない。しかし虚子は素逝について触れることはしなかったのである。
他方で、虚子が比較的丁寧に書いているのは、杞陽の動静についてであった。杞陽はすでに虚子の膝下の九羊会などで柏翠とは昵懇であったが、愛子に初めて会ったのは、昭和二十一年六月、小諸においてである。俳小屋での句会にて、愛子の起居を気にしていた杞陽が、その愛子を詠んだ。

詩の如くちらりと人の爐邊に泣く　　杞陽

杞陽は人情の機微のわかる人であった。愛子や柏翠らと同じ世界を共有していた。この世を、一つの運命として、淋しく渡ってゆかざるをえないという、あわれが理解できる人であった。柏翠は虚子宛ての手紙に書いている。

杞陽さんは終始、愛子の最も好み、喜んだ、

先生―愛子―私

と云つた、つながりを重んじ、つゝ、ましく、静な中に情愛深い行動をとつてくれました。

虹は、虚子にとって、滅びゆくものが示す美しさの象徴であった。

人の世も斯く美しと虹の立つ　　虚子

第二十二章　野見山朱鳥――永遠のいのちを渇望する

野見山朱鳥《あすか》は、大正六年（一九一七）四月三十日、福岡県の直方《のおがた》町に、父直吉と母のぶの間に次男として生まれた。本名は正男である。昭和十年、鞍手中学校卒業後喀血し、三年間療養生活を続けた。健康が回復し、画家を志して上京したのが昭和十三年である。東洋精機に入社し魚雷の設計課に勤めるかたわら、昭和十四年、新宿にある鈴木千久馬絵画研究所の夜間部に入った。同じ研究所生であった関野準一郎によると、朱鳥は才能のある熱心な画学生であったようだ。しかし翌十五年に病気が再発、帰郷する他はなかった。二十三歳である。朱鳥の挫折感は言うまでもない。

自宅で療養生活に入ったが、病状悪化。昭和十七年、ついに福岡県古賀町の国立療養所、清光園に入る。二年間ここで暮らし、昭和十九年、大牟田市の国立療養所、銀水園に移った。その間、文学や宗教、美術関係の本に親しんでいる。二十年、空襲に遭い銀水園が閉鎖され、完治しないまま直方に帰った。

一、茅舎と蝌蚪

朱鳥が継続的に俳句にかかわるようになったのは、東京時代からであった。阿部みどり女主宰の「駒草」に、「野見山まさを」の名で昭和十三年の一月号から十六年の七月号まで投句している。朱鳥の叔母である野見山不二子が女子大生であった頃に、句会でみどり女と知り合った、という縁からである。十六年の二月号からは、直方から投句している。いずれも「ホトトギス」投句以前の句である。各年とも一月号に一句入選しているので、それを挙げておこう。

闇空に黒い蝙蝠とぶ河原
兄兵とならず田舎の秋に住む
桐一葉朽ちて黒きが雨にとけ
秋を病みショパン好きになり冬を病む

いずれも暗さを伴った句である。朱鳥の嗜好がうかがえはするが、後年の朱鳥らしさはまだ現れていない。大きな転機となったのは、兄である桔梗園の蔵書により、川端茅舎の句に出会ったことである。茅舎は脊椎カリエスにより長く闘病生活を送っていた。絵画に志しながら、病によってその道を断念せざるをえなかったという点で、朱鳥と境遇が似ていた。朱鳥によると、

茅舎は不思議な力を持って迫り、私を呼び起してくれた俳人で、私の中にあった色々なまだ出きらない、それでいて何かの力で出ようとしていたもの――無数の私が私の中に渦を巻

いて住んでいる――が茅舎の句の響きの方へ進ませてくれたのをはっきり知っている。

茅舎の俳句の中に、いわば朱鳥が求め続けていたみずからの姿の一面を見出したのである。「ホトトギス」誌上で茅舎の句に接したのは、昭和十六年の六月号においてであった。そしてこの六月号こそ、朱鳥が初めて手にした「ホトトギス」である。七月号と八月号は買い求めなかった。そして朱鳥は九月号の「ホトトギス」に「茅舎追憶」の記事を見て驚愕する。茅舎は七月十七日に四十四歳の若さで亡くなっていた。銀水園に移ったあと、朱鳥は患者の俳人から「ホトトギス」のバックナンバーを借覧し、熱心に茅舎の句をノートに書き留めた。茅舎の研究は敗戦後も続けられている。

「ホトトギス」への投句は、茅舎亡きあとであると思われる。『野見山朱鳥全集 第四巻』(平成四年)所収の「年譜」には、昭和二十年のところに「高浜虚子に師事し、『ホトトギス』に投句を始める」と記してある。その前半は正しいが、後半は誤りである。「ホトトギス」の雑詠初入選は、昭和十七年の二月号であった。〈血を吐いて笑ひかけたる寒さかな〉。

朱鳥が虚子へ師事したのは、昭和二十年である。それ以前は雑詠に投句していただけで、ことさら「師事」と言えるまでの意識はなかったらしい。その年の春、朱鳥は散歩が許され、外気小舎の方から池のある道へと出ていった。麦わら帽を被って道端の草に腰をおろし、春の日差しを浴びながら池を眺めた。そこでお玉じゃくしの群れに出会ったのである。朱鳥は夢中になった。

蝌蚪に打つ小石天変地異となる
われがちに頭を押して蝌蚪逃ぐる
巡礼の如くに蝌蚪の列進む

朱鳥は蝌蚪の句を十句くらい作って、虚子に送ってみたところ、そのほとんどに二重まるが付いて返ってきた。蝌蚪の作品は朱鳥が虚子に師事する縁を作った。こうして朱鳥の異色の才能は、虚子によって見出されたのである。昭和二十一年十二月号にて雑詠の巻頭となった。

火を投げし如くに雲や朴の花
なほ続く病床流転天の川

こうして朱鳥の俳句が質的に大きく変化したのは、戦争に突入し敗戦へと至る四年間においてであった。それは病状悪化と病床流転の時期でもあり、同時に茅舎の句の世界に深く魅了された時期でもあった。この只中において朱鳥の世界が醸成された。ひとたびは死んだ人間がよみがえったのである。他のどの俳人とも紛れることのない、朱鳥自身の俳句の方向が定まった。

そしてその朱鳥を見出したのが虚子であった。

二、曼珠沙華

朱鳥は昭和二十四年に「ホトトギス」同人となった。翌二十五年には第一句集『曼珠沙華』が上梓された。虚子による「序」は一行である。「曩《さき》に茅舎を失ひ今は朱鳥を得た」。すでに茅舎の句に深く傾倒していた朱鳥にとって、この「序」はまさに天にも昇る感激であった。茅舎を学ぶことによって見出したみずからの道を、ひたすら歩み続ける決意を改めて固めたに違いない。朱鳥は「後記」に、「この一行の慈文を真実生きぬきたいと私は念願する。わたしは心の墓に『曼珠沙華』の四文字を彫り得た思ひである」と記した。

所収の句は二六五句、すべて虚子の選を経ている。

林檎描く絵具惨憺盛り上り
犬の舌枯野に垂れて真赤なり

開巻劈頭の二句である。ここにすでに朱鳥の特徴が表れている。絵具が盛り上がっている状態を「惨憺」と表現した。血が固まっているかのようである。さらに犬の舌を「真赤」と詠む。

〈曼珠沙華散るや赤きに耐へかねて〉という句もあるように、「赤」こそ『曼珠沙華』のみならず、朱鳥の生涯を貫く基調となる色であった。のちに朱鳥は述べている。「客観写生を大道としよう。その上で主観写生を主張する」と。その上で言う。「客観句は煙を吐かない山々であり、主観句は煙を吐く火山である」。主観写生句は、鮮血の色、あるいは燃え上がる火の色を秘めている。「赤」とは、いのちの色であった。ちなみに俳号「朱鳥」にも赤の色が入っている。

運慶の仁王の舌の如く咳く
いちまいの皮の包める熟柿かな
芭蕉葉の大波打つて露に濡れ
飛び散つて蝌蚪の墨痕淋漓たり
蝌蚪乱れ一大交響楽おこる
春雷や伽藍を蹴つて舞ひ上り
麦は黄に胎児こぼれんばかりなり
昼寝覚発止といのちうら返る
月光に針の如くに乳花飛ぶ

阿蘇山頂がらんどうなり秋の風
炉火を吹く身体髪膚うち倒し
寒雷や針を咥へてふり返り
大干潟立つ人間のさびしさよ

「運慶」の句の「咳く」さまや、「昼寝覚」の「発止」という言葉の遣い方に、茅舎からの影響を見ることができよう。「熟柿」の句は、写生の見本のような句。また「蝌蚪」の句は、いかにも朱鳥得意の蝌蚪の句である。しかしこれらの句のなかで注目すべきは、「伽藍を蹴つて舞ひ上り」、「発止といのちうら返る」、「身体髪膚うち倒し」、「針を咥へてふり返り」というような、見得を切っているかのような印象的な表現である。たしかに見事ではあるが、力みが感じられる。虚子であれば、主観写生の危うさを説くかもしれない。

三、生命諷詠

昭和二十九年、第二句集『天馬』が刊行された。収録された句数は二六七句である。その内訳は虚子選が二三六句、朱鳥による自選が三十一句。その扉には後に『助言抄』（昭和三十六年）の冒頭に据えられた言葉が、二行に組まれて掲げられている。「苦悩や悲哀を経て来なければ／魂は深くならない」。しかしこの句集で読者の眼を引いたのは、虚子による辛辣とも言える「序」であった。

異常ならんとする傾向は愈々激しくなつて来て、私から見ると具体化が不充分であるやうな感じがする。

朱鳥にとっては覚悟のうえでのことであったろう。恨みがましいことは何も洩らさなかった。またこの「序」が原因で、虚子との親密な交流が絶えてしまうこともなかった。上京の折には鎌倉を訪ね、師弟としての礼を尽くしている。

ところで友岡子郷は、ある文章において、初期の朱鳥の熱烈で華麗な比喩表現について次のように述べた。そのような表現は、現実に信をおく精神ではなく、「現実のあらかたに激しい不信を投げかけて、その狭隘な枠をみずからの想像力の飛躍によって破裂させようとする精神ではないのか」。さらに言えば、この現実不信の延長上に「永遠なるもの・回生への渇望と希求があったことは確実である」。同時に友岡は、朱鳥の初期の句に「自己執着性」を見出し、ここから朱鳥独自の「自己劇化」が始まると指摘している。「自己劇化」とはまさに「想像力の飛躍」である。「如く」に代表されるような朱鳥の好む比喩法は、茅舎からの影響もさることなから、「在るものを在るべきものに飛躍させようとする、いわば劇化の心理」が働いているというのである。

先に触れた『曼珠沙華』にうかがえる見得を切っているかのような表現も、この「自己劇化」の現れであろう。虚子の言う「異常ならんとする傾向」も「自己劇化」の一面であった。例えば、『天馬』の次のような句である。

双頭の蛇の如くに生き悩み
荊冠の血が眼に入りて虹見えず
炎天を駆ける天馬に鞍を置け
人滅びぬ神よ山火を消したまへ

これらは虚子選に入った句であろうか。あるいは朱鳥が自選で収録した句であろうか。

朱鳥の主観写生句は、昭和三十年に至って、「生命諷詠」という言葉で表現されるようになった。この言葉は、もともとは弟子の島崎千秋が、朱鳥を評して用いた言葉である。朱鳥は言う。「花鳥探究、写生徹底の語を用いて久しいが季題循環を通し見ることの徹底は生命感であり宇宙感となってゆくもので僕は新たに生命諷詠の語を用いようと思う」。より端的に「生命諷詠」とは「季題を通して永遠の生命に触れようとする詩精神」である。

昭和四十二年一月、朱鳥は周囲の制止に耳を貸すことなく、「ホトトギス」同人と俳人協会員を辞退した。単独者として俳句に向き合い、みずからのいのちを凝視したい、という覚悟の現れであろうか。〈一匹の狼ならず枯野山羊〉の句を詠んでいる。

昭和四十五年（一九七〇）二月二十六日、朱鳥は肝硬変により五十三歳で亡くなった。その最晩年の句を三句挙げておきたい。

初秋と思ふはるかだとも思ふ
一枚の落葉となりて昏睡す
亡き母と普賢と見をる冬の夜

第二十三章　上野　泰——受けし寵かへさんとして

明治二年、横浜にて上野金次郎が、回船問屋「丸井屋」を創業した。今日の上野グループの前身である。十六歳の若さでそれを実質的に引き継いだのが、二代目の亀太郎。シェル石油の関連会社との取引に成功し、シェルの石油製品を一手に扱う国内随一の会社に育て上げた。大正十五年には、上野運輸商会を設立。太平洋戦争前において、すでにガソリンの取扱量で内航運輸業界の首位に立っている。

上野泰は大正七年（一九一八）六月二十五日、この亀太郎の次男として横浜に生まれた。

一、小諸の稽古会

泰は立教大学卒業後、昭和十七年、虚子の六女である章子と結婚した。同年末、召集されて、当時の満州に渡る。虚子は歳時記を与え、暇があったら俳句を作るよう勧めたという。昭和十八年秋、開拓地の慰問に向かう年尾に連れられて章子も渡満。章子が出す虚子宛の手紙の端に、泰の句も書き添えられた。それらの句に虚子がまるをつけて返してくることもあった。〈門松につもりし雪のかろやかに〉、虚子選の最初の入選句であるという。

本土防衛のために鹿児島へ転属し、そこで終戦を迎えた。十一月十五日、復員の途次、名古屋駅の地下道にて、小諸に帰る虚子と立子に偶然出会った。立子が泰に気づいたのである。当日は地元の「ホトトギス」同人加藤霞村らと八事《やごと》山興正寺の紅葉を愛でて、門前の八勝館にて句会。これが泰にとって、初めての句会であったという。〈旅装とき縁の籐椅子や夕紅葉〉その席で虚子選に入った句である。翌日、泰は虚子に連れられて小諸に帰った。

虚子はその年の十二月には鎌倉へ帰るつもりではあったが、それは取り止めとなった。そこで「新たに俳句に志した泰などの熱心に刺激され」、地元の俳人も入れて、少人数の稽古会を催すことを思い立った。もともとは「寒中の土曜日午後一時から四時まで、日曜日午前十時から四時まで」ということであったらしい。実際には十二月二十六日がその第一回となった。こうして泰は直接虚子の指導を受けることとなり、翌二十一年の二月十七日まで、延べ三十七回にわたって句会が催された。一月二十七日には四回の句会が開かれている。小諸のこの稽古会は、泰のために設けられたと言っても過言ではない。

この稽古会で虚子は詠んでいる。

思ふこと書信に飛ばし冬籠　　虚子
里人の松立てくれぬ仮住居
月に吊り日に外しけり凍豆腐

稽古会で詠まれた虚子の句が、泰の生涯の句の道標となったという。まさに虚子の鞭撻によって泰は俳人となったのである。泰はこの恩を深く肝に銘じ、終生虚子を心に精進した。

稽古会が終わったあと、虚子から読むようにと二冊の冊子を渡された。子規編の『俳諧三佳書』と『俳諧続三佳書』である。この二書により、『猿蓑』『五車反古』などを勉強した。ついにはノートに写本までした。

昭和二十一年八月末、泰は小諸を引き揚げ、金沢文庫前を経て、鎌倉の佐介ヶ谷《やつ》に居を定めた。亀太郎や兄の豊を助け、家業に邁進する傍ら、この年の一月に新たに結成された「新人会」に参加。湯浅桃邑、深見けん二、清崎敏郎らと研鑽を重ねた。「ホトトギス」雑詠初入選は三月号においてである。〈寒月の松の影踏み踏み歩く〉他一句。初巻頭は、昭和二十四年四月号である。二句中の一句を挙げる。

冬灯蹴つ飛ばし吾子生れけり

昭和二十二年夏、泰は激務もあってか肋膜を患い倒れた。二十五年五月には再発。一時は病状重篤であった。そのときには、虚子から墨書された三枚の半紙が、泰のもとに届けられたという。「静寂」「面会謝絶」「談話厳禁　話ヲ聞クノモ疲労ヲ感ズルニツキ　泰代　虚子」。いかに虚子が泰の身体を心配していたかが、よく伝わるであろう。長谷川素逝や森田愛子の轍を踏んではならぬと思ったのかもしれない。

二、新感覚派

昭和二十五年、まだ病床にあるときに、第一句集『佐介』が出版された。この句集名は泰の住んでいた地名に由来する。その「序」に虚子は書いた。

新感覚派。泰の句を斯う呼んだらどんなものであらう。
泰の句に接すると世の中の角度が変つて現はれて来る。
世の中を一ゆすりゆすつて見直したやうな感じである。
泰の眼に世の中が斯く映り、泰によつて世の中が斯く表現されるのである。
此頃の特異な作家としては西に朱鳥あり、東に泰がある。

泰は戦後の「ホトトギス」に、九州の野見山朱鳥と並ぶ「特異な作家」として現れた。「新感覚派」の新人として登場したのである。その「新感覚」は次のような句に現れている。

風車色を飛ばして廻り初め
表面に水底があり水澄める
干足袋の天駆けらんとしてゐたり

春著の子走り交して色交し
春水に逆まに立ち去りにけり
黒揚羽地を歩くとき魍魅となり
打水の流るる先の生きてをり
夕立を壁と見上げて軒宿り
月光の走る芒を分けにけり
方円に従ひ水の澄んでをり
水も又月の破片を集めをり
ストーブの中の炎が飛んでをり

いずれも写生句である。「色を飛ばして」「表面に水底があり」「天駆けらんと」「色交し」「逆まに立ち」、「魍魅となり」、いずれも虚子の言う「世の中の角度が変つて現はれて来る」ような捉え方。「角度が変つて」はいるが、あくまでも感覚に忠実な句であって、観念ではない。また感覚といっても、単にそのような感じがするというのではない。写生によるものか、感覚に実質が伴っているようだ。

虚子の言う「新感覚」は、比喩においても冴え渡っている。すでに深見けん二や清崎敏郎によって指摘されているとおりである。

月光や閾は川の如流れ
夏蜜柑月のごとくにぶらさがり
湖に群集の如く雪降れり
白丁の如くに水に杜若
尺蠖の哭くが如くに立ち上り
銀扇の如くに水を打ちにけり

比喩はややもすると観念の表出となる。泰の「如し」は写生に支えられていて力強い。詠まれている対象が具体的に見えてくる。朱鳥の句が、当初から主情的で非日常的な観念に傾きがちであったのと対照的であろう。

三、宇宙の一微粒子として

泰は昭和二十六年、「春潮」を創刊したが、社業の多忙により二十九年休刊となってしまった。昭和三十年、第二句集『春潮』を、三十六年には、虚子逝去前の句を収めて第三句集『泉』

を刊行した。ちなみに「泉」とは、泰の末子である次男の名前である。いわゆる「末子俳句」が、この一集の特徴の一つとなった。例えば、〈双六に負けまじとして末子かな〉〈一日に末子一善紅葉掃く〉。また〈春眠の長女に祈ること多し〉〈春眠の長男に我が願ひあり〉のような家族を詠んだ句も、『泉』の傾向を示している。

虚子が亡くなったのは、昭和三十四年四月八日である。「春潮」が復刊したのは三十五年八月。虚子の死から一年を経て、俳句に対する覚悟がいよいよ固まったのであろう。その復刊号において、泰は決意を披露した。本業である石油輸送業に精励するとともに、「又、私の本業は天地運行の下の一微粒子としての自分を見つめることにあると思う」と。実を言えば、この「一微粒子」という言葉は、すでに昭和三十三年のある文中において使用されている。

いくら咆哮しても、その叫びは星にとどかない。宇宙の一微粒子として人間を考えるとき自分の可能の限界に思い及ぶ。宇宙の運行に伴う四季の変遷と、それに伴う大自然の変化。宇宙は従順に運行し、人間はその運行に従順ならざるを得ない。万象も人の生活も人生もプリズムで分散され七色に光り、明暗を持つ。それらを諷詠するよろこび、また七色に光る万象の中の一つと感懐との斬り結び、生々流転の中の刹那の斬り結び、その感情の高揚を日々、新しく得たいと願う。

この一文は、大きく二つの部分から成る。宇宙は大であり、人間はその一微粒子にすぎない、それゆえ人間は宇宙の運行に従順ならざるをえない、という前半と、プリズムによって分散された万象を、また生活を諷詠する、という後半部である。前半は、俳句とは何かという、俳句の拠って立つ根拠を述べたものであり、「花鳥諷詠」の泰なりの理解であるようにも思われる。これに対して、後半は泰による俳句の方法を述べていると思われる。虚子は、「泰の句に接すると世の中の角度が変つて現はれて来る」と述べたが、泰の「新感覚」とは、今やこの「プリズム」に他ならない。

この俳句観をもって、泰は虚子亡き後、志を新たに「春潮」を復刊し、いわば俳句に再出発したのである。その成果は第四句集『一輪』（昭和四十年）によく現れており、深見けん二はこの一集を「泰俳句のピークをなしている」と評価した。注目するのは次のような句である。

鳥獣の我ら侍りし涅槃かな
島人の永久に掬むべき泉かな
芭蕉忌を修し心は虚子にあり
受けし寵かへさんとして虚子忌かな
天に鞭すきとほりをる虚子忌かな

わが生の今盛りなる昼寝かな
世の如く人は人追ひ走馬燈
天声の一語の如く返り花
石炭の太古無となる炎かな
慟哭のよみがへり来る虚子忌かな

虚子を心のうちに置いて、みずからを、また人間という存在を厳しく見つめた句である。『一輪』の特長は、これらの厳しい句にある。ここに再出発の覚悟をうかがうことができるであろう。他方で、人間は所詮「宇宙の一微粒子」にすぎないという認識を経て、泰の「新感覚」がいっそう沈潜した。「諷詠するよろこび」も「感情の高揚」も、この認識があればこそであった。

泰は何よりも実業界の人であった。上野運輸商会の副社長等の重職を歴任している。戦後の新人として非日常的な観念に溺れることがなかったのは、あるいはこの実業の世界に主軸を置いていたからではなかろうか。覚めた健全な目で自然と人間を見ている、とも言える。二十四時間通して芸術家肌の俳人であったかのような朱鳥との相違は、案外このようなところにあるのかもしれない。

昭和四十八年（一九七三）二月二十一日、泰は五十五歳の若さで亡くなった。泰もこれからという俳人であった。多くの人がその死を悼みつつ、人柄の好ましさに言及している。明朗でエレガントな紳士、つつしみ深い心、人柄の厚み等々。けん二は書いている。「円満に社会も家庭もとりしきり、誰にも親しまれ、その苦悩は一人で背負い、少しも表に現さず生き抜いた」。最後に叙情的な句を一つ。これも泰の一面である。

鯛は寂しと幼な心にも

第二十四章　波多野爽波——身体芸としての俳句

波多野爽波は十代のころから「ホトトギス」の雑詠に投句し、虚子の膝下で句作に邁進したのであるが、昭和三十三年、三十五歳で投句をやめてしまった。「ホトトギス」時代は、俳人として活動した期間の半分にもみたない。しかし爽波は、終生虚子を師として仰いでいる。虚子の句を繰り返し読んだだけではなく、虚子が精魂を傾けた『ホトトギス雑詠選集』を、あたかも俳句のバイブルのように頭に叩き込んだのである。また後年爽波の唱えた「俳句スポーツ説」も、虚子の客観写生を、いわば身体的技術論へと純化したものとも考えられよう。そこにおいて主体や思想は、無と思われるまでに削ぎ落されているからである。こうして「ホトトギス」を離脱した後においても、爽波は虚子の土俵の内側にいる。爽波を「ホトトギスの俳人」に加える所以である。

一、新しさの開拓

爽波は大正十二年（一九二三）一月二十一日、父敬三と母辰子の長男として東京に生まれた。本名は敬榮《よしひで》である。祖父である波多野敬直《よしなお》は司法大臣や宮内大臣を歴任し、大正六年に子爵に叙せられている。生まれた年の九月一日、爽波は使用人に付き添われて、鎌倉の母の実家の別荘にいた。隣は星野立子の家である。そこで関東大震災に遭ったのである。庭に飛び出す暇もなく皆家の下敷きとなり、祖母が亡くなった。爽波は、その上に伯父が腹這いとなってくれたお蔭で、幸い事なきを得た。

当日は島村元の初七日にあたり、妙本寺に関係者が集まっていた。爽波の父敬三には二郎という軍人の兄がいた。二郎の妻は勝子と言い、島村久の長女である。その縁により、二郎も妙本寺で控えていた。震災後、虚子はたけしらと横須賀の田浦まで歩き、そこから関東丸に便乗して東京に向かうのであるが、その一行に波多野二郎中佐も加わっている。というわけで、爽波にとって島村元と本田あふひは遠戚にあたる。また波多野家と虚子はお互いに見知った間柄であった。

爽波は学習院に学び、中等科の十五歳のときから「ホトトギス」の雑詠に投句を始めたという。学習院の先輩である京極杞陽に目をかけられた。「ホトトギス」の初入選は、昭和十五年一月号。〈静かなる祖母の起居や萩の花〉。本名の波多野敬榮で投句している。二月号では没となった。「爽波」の俳号は三月号から使用されている。

昭和十七年、学習院高等科を卒業、爽波は京都帝国大学に進学した。十八年十二月一日の学徒出陣が迫るなか、両親の元に帰ることなく、京都から虚子に随行し、伊賀上野で催された「芭蕉二百五十年忌」の大会に参加している。虚子先生の元に、できるだけ長くとどまっていたいという思いからである。昭和二十二年、爽波は京大生らを結集し「春菜会」を結成した。

その『春菜会作品集』（昭和二十八年）の「跋」において、爽波は次のように述べている。

斯くの如く虚子先生に直結して謙虚に俳句の大道を進みつゝ、しかもそこに我々の年齢、我々の世代の持つ本質的新しさを真に身についた新しさとして反映せしめて行くことこそ我々春菜会の歩むべき道と確信するのである。

「我々の年齢、我々の世代の持つ本質的新しさ」と述べているように、爽波にはみずからの若さと新しさに対する自信があった。それを句に反映させようとした。また後には若い世代に対するシンパシーと期待をつねに抱きつづけた。これは爽波の俳人としての一貫した姿勢であった。

この「春菜会」に込めた爽波の思いは、昭和二十八年に創刊された「青」に受け継がれた。「青」発刊の目的は、「ホトトギス」の「新人層の結集を図る」ことにあった。若い俳人だけで編集や経営を行うことによって、「何も拘束されるところがなくて新しい何物かが出来てくる」のである。三十二年、橋本鶏二によって名古屋に「年輪」が創刊された。その記念大会において、爽波は壇上から「若い人がそれぞれの場に於て充分の活躍をする様になつてゆくことこそ現代の時代的感覚でないかと思ふのであります」と挨拶をした。この言葉が「年輪」の若手を突き動かした。これが大きなきっかけとなり、「青」「年輪」、野見山朱鳥の「菜殻火」、さらに福田蓼汀の「山火」が加わり、その年末に「四誌連合会」が発足したのである。

「青」は次第に「ホトトギス」批判を強めていった。すでにその兆しは創刊号にもうかがえるのであるが、一年後になると、「ホトトギスだけが時代に取り残されてゆく感じがしますね」、とあからさまになってきた。しかし批判すればするほど、一方で虚子先生を信奉しつつ、他方で「ホトトギス」の現状を批判するという矛盾が明らかになってくる。これを解消しようと思えば、「ホトトギス」を退くか、「青」を退くしかない。千原草之、五十嵐哲也らは年尾を師と仰いで「青」を去り、爽波は昭和三十三年、「ホトトギス」雑詠への投句をやめてしまった。虚子存命中である。

批判は、同時に爽波の「前衛俳句」への傾斜をもたらした。考えてみると、「社会性俳句」にせよ、また「前衛俳句」にせよ、「ホトトギス」の側からは、「花鳥諷詠」に対する挑戦とみなすべきものであった。ところが、この挑戦を正面から受けてたつ気概が、当時の「ホトトギス」には欠けていたのである。年尾は、このような新しい動きにわれ関せずの態度をとった。「ホトトギス」の精神を堅持したとも言えたが、見方によっては、俳句を「ホトトギス」の旧来の枠内に抑え込むという結果ともなった。年尾が籠城したのに対して、爽波は若手を糾合し戦場に打って出ようとしたのである。

前衛作家は爽波にとってよき敵であった。俳句にかけるその情熱には学ぶところがある。もともと爽波は「花鳥諷詠の徒」というより、むしろ「写生の徒」である。また「花鳥諷詠」と言うにしても、爽波の句は「天然界の現象」よりもそれに伴う「人事界の現象」を詠むところに特長があった。その分、「前衛俳句」の新しさに近づき易かったと言えるかもしれない。「四誌連合会」は、「前衛俳句」に理解を示す爽波と、「ホトトギス」の枠内にとどまる三人との間の立場の相違もあって、昭和四十年に解散のやむなきに至った。所詮、同床異夢であった。爽波は詠んでいる。〈サルビアの咲いて同床異夢なりし〉。その後であるが、爽波は吉本伊智朗に対して、前衛作家との交わりを「徒労であった」と漏らしもした。しかし新しい俳句の追求と若い世代に期待する爽波の姿勢には、その後においても変わりはなかった。

二、純粋俳句

話を前に引き戻す。爽波は昭和二十四年、「ホトトギス」の同人となった。三十一年には待望の『鋪道の花』が刊行された。その扉に記されている。

写生の世界は自由闊達の世界である。

虚子は「序」において、「現代俳人の感覚を現はして居る、現代俳句と言つてよからう」と評した。所収の句には、「新感覚派」と呼ばれた上野泰の句と、通底するものが感じられる。

腕時計の手が垂れてをりハンモック
鳥の巣に鳥が入つてゆくところ
芒枯れ少しまじれる蘆も枯れ
時雨るるや音してともる電熱器
大滝に至り著きけり紅葉狩
籐椅子にひつかかりつつ出てゆきぬ
下るにはまだ早ければ秋の山
初鏡閨累々と横たはり
末黒野に雨の切尖限りなし
種痘する机の角がそこにある
梅雨はげし傘ぶるぶるとうち震ひ
自転車の灯のはづみくる虫の原
真青な空より風邪をひきこみし
板前の水を打つにも器用な手

赤と青闘つてゐる夕焼かな
興ざめの一と雨なりし地蔵盆
入学の朝ありあまる時間あり
踏切を越え早乙女となりゆけり
汗のもの脱いで人手に委ねたる

杞陽は『鋪道の花』の「解説」において、「爽波君はあまり文学系統の本は読まない。殊に哲学的なものや宗教的なものには興味を持たない人のやうに思へた」、さらに「類型的な文芸意識などは存在しない世界、さういふ世界は爽波君のやうな人でなければ又持つことが出来ない」と述べてもいる。この意味で爽波の句は、何ものかで俳句に色づけることをしない、「純粋俳句」であった。文芸意識や思想によって汚されることがないだけでなく、そのような意識や思想を担う「主体」が、そもそも存在していないかのようである。

虚子は一般大衆に対して客観写生を説いたが、最良の客観写生句が、見る者の主観の働きなしには成り立ちえないことも知っていた。この主観の働きをぎりぎりまで削ぎ落とし、「主体」を立てない爽波の作句態度が、のちに「俳句スポーツ説」を生み出すのである。「純粋俳句」は、虚子の唱えた客観写生の純化でもあった。そこでは「主体」ではなく、「身体」こそがキーワードとなるであろう。

三、俳句スポーツ説

杞陽は「爽波君の特色としては水泳の選手だつたといふやうなことが一寸私の頭にあるきりである」、と「解説」に書いたのであるが、水泳の選手であったことが爽波に幸いした。「俳句スポーツ説」は、「若者のために」説かれたものである。「京大俳句会」から話を頼まれた折に、京都大学内のプールの側を通りかかり、学習院で水泳の選手であったことを思い出したことが、きっかけとなった。

要するに俳句とは身体で受け止め、瞬時にして反射的に、有季十七音という言葉の塊として一時にでてくるもの。

俳句とは一種の「身体芸」なのだ。俳句とは、「『芸』という要素をタップリと湛えた、我が国固有の詩」であるから、「俳句には『芸』としての修業が絶対必要」なのだ。そうであるならば、具体的に何をすればよいのか。机上の精神論は無用である。「恰もスポーツの練習を反復して行うように」、写生の修業を行うのである。「業を磨く」のだ。「多作多捨」によって

「足腰の鍛錬」を行い、よき俳句に恵まれる「体質づくり」に励むのである。ものに即してただちに反射的に五・七・五が出るように、体を俳句の体とするのである。爽波はスポーツを例にして説くのであるが、「身体芸」という点から言えば、俳句は能や狂言、また日本舞踊などの、型を体に叩き込む伝統芸に近いと言えるかもしれない。意外なところで、能に親しんだ虚子と通じているようにも思われる。

> 一つの対象を相手に、一時間や二時間ぐらい粘れないで何とする。
> 気力、そして粘りの中からフッと予期もしなかった物が見えてくる。「授かりもの」である。
> そのとき思わずドキリとする。これこそ私がいつも言う「手応え」であり、この手応えの積み重ねの中から、自ずから「写生の力」が備わってくるのだ。

眼前の対象から、また与えられた季題から、次々に句が生まれてきて、ついには当初はまったく予期しなかった句を授かることができる。そのときには、「自分が自分自身に対してオドロク」のである。写生の世界の「自由闊達」とは、わたし自身の働きではなくて、むしろ対象がわたしへと飛び込んでくるそのありようであろう。飛び込んでくるようにするための「体質づくり」である。

みずから手応えを感じた句に、虚子の二重丸がついて返ってくる、爽波にはこの経験があった。爽波の俳句論は、なによりもこのような経験に基づいて説かれたものである。ここから次のような文章が書かれる。昭和六十一年のものである。

俳句には先ずそこに自己なるものがデンと存在し、また感動なるものが必ずあって、感動が己れを揺り動かしてこそ一句が生成するとか、〔中略〕表面まことにご尤もな主張が俳壇のあらかたを占めているが、本当にそれでよいのだろうか。〔中略〕

ところが私が四十年余、作ってきた俳句はこれらのいずれにも全く該当しないのである。

柴田千晶は爽波論である「俳句に取り憑いた男」において、「私の信じる文学にとって最も大事なもの」すなわち「生々しい『自己』」が爽波には欠落していると思う、と指摘している。「自己」を欠くが故に、爽波の俳句は、「最後まで枯れてしまわずに生彩を放っていられた」が、「深まることは終になかった」、と言うのである。柴田の考察は、「私の信じる文学にとって」という限定のもとでなされたものであるが、爽波に対する無いものねだりではなかろうか。

爽波は、もともと「自分と言うものを常に主張したい」、「可成り意地っぱりな男」であったらしい。しかし「芸」を体に叩き込むのに「自己」はいらない。「生々しい『自己』」などという障害がないことによって、体に俳句を叩き込むことができる。「自己」を捨てるからこそ、柴田も言う「俳句馬鹿」になれるのだ。「自由闊達な写生」が可能となるのは、主体としての「自己」、「自己」の担う「思想」、さらに「文学」や「文芸」というしがらみ、これらに捉われることがないからである。

爽波が亡くなったのは、平成三年（一九九一）十月十八日であった。六十八歳である。「青」は同年の十二月号でもって終刊となった。

第二十五章　補遺　長谷川素逝の遺稿

手元に長谷川素逝の遺稿がある。御遺族と三重県史編纂室の御厚意によるものである。そこには、素逝が虚子に見てもらっていた句稿や、戦時下に書き進めていた「前線俳句鑑賞」などが含まれている。また「長谷川家戸籍謄本」と記された封筒もその中にあった。遺稿の一部は石田ひでおの著書『長谷川素逝――その生涯と遺せしもの――』（平成二十七年）によってすでに紹介されているが、その全体を直接知ることができたのは、大変有難いことであった。とはいえ、これによって素逝の全貌が明らかになったということではけっしてない。むしろ逆に、素逝という俳人が、さらに素逝という人そのものが、ますますわからなくなった。一読して気づいたことのいくつかを、とりあえず報告しておきたい。

一、戸籍謄本

遺稿の中に素逝の字で「長谷川家戸籍謄本」と書かれている封筒がある。その中に、昭和六年七月二十八日に津市から発行された戸籍謄本、同年の八月七日に発行された除籍謄本、さらに昭和二十年八月一日の日付の入った「戸籍申告書」などが入っている。これらの文書から、素逝の出生地が大阪ではなく津市である、という可能性が生まれた。

これまで素逝は大阪生まれであると紹介されてきた。たしかに、昭和六年発行の戸籍謄本によると、長谷川直次郎（素逝）は明治四十年二月二日に大阪市の北区に生まれている。ところが素逝が昭和二十年、津市に提出した自筆の「戸籍申告書」によると、津市乙部に出生と書かれているのだ。戦災により戸籍の原本が焼失したため、改めて戸籍を申告したものである。石田はここから、前掲書において、素逝の「出生地が確定できない」と述べた。しかし、昭和六年発行の戸籍謄本が手元にありながら、素逝はあえて津市乙部に生まれたと申告したのである。どうやら素逝の実際の出生地は大阪市ではなく、津市であると思われる。

津市の住所は、素逝の父である長谷川茂吉の住居があった場所である。母であるとみが、津市に帰って直次郎を生んだものと思われる。ところが当時技師として大阪の砲兵工廠に勤務していた茂吉が、大阪の現住所を出生地として役所に届け出たのではあるまいか。そしてその出生地に関わる事実を、素逝は両親から聞き知っていたのであろう。こうして素逝は昭和二十年、「戸籍申告書」を提出する際に乙部に出生と記したものと推測される。

ここに述べたことは、俳句とは直接関係のない話であるが、素逝の基本的情報に属することなので、一応書き記しておく。

二、虚子に送った句稿

さて、虚子に見てもらっていた句稿について紹介したい。昭和十五年一月から昭和二十一年の三月あるいは四月まで、六年以上にわたる句稿である。若干の例外はあるが、一頁十一行の用紙に書かれており、ひと月に一回をめどに、ほぼ毎月虚子に送ったものと思われる。全句数は八七七句である。一回あたり十一句であることが多いが、ときには二十句以上を送っている。虚子から「十句宛に願度し」と余白に書かれることもあった。

それらの句の上に虚子によって、赤鉛筆で◎や○が付けられている。八七七句中、◎の数が二三八句、○の数が一五五句である。虚子は句稿の左下の欄外に虚子選と記すのみであるが、ときには短評を添えることもあった。あるときの句稿には◎も○もなく、十一句中の七句が棒線にて抹消されており、欄外に「いつも程に面白からず」と書かれている。石田は八七七句すべてを紹介しているので、どの句に◎あるいは○が付いているのか、どのような虚子の短評が添えられているか、関心のある人は石田の著書を見てもらいたい。ここではいくつかの句稿を取り挙げながら、気づいたことを述べるにとどめる。

まず昭和十五年五月と思われる句稿である。十三句中の五句が、果樹園を詠んだ句であった。素逝には好みの素材を繰り返し詠むことがしばしばあった。場合によっては、同工異曲の句と思われるほどである。これも素逝による俳句精進であった。「大同小異ナレドモ」と句稿に添えられることもあったが、しかし虚子はそのような試みを否定してはいない。

果樹園は春まだき日にある樹幹
春光にあふれ果樹園枝を剪る
○果樹園の春の乙女となりはたらく
◎果樹園は日の蜜蜂のひかりの輪
果樹園の春はたけつつ敷く繁蔞《はこべ》

◎がつけられたのは、「日の蜜蜂の」の句であり、○が付いたのは、「春の乙女」の句である。たしかに落選の三句は、事実の報告のように思われる。これに対して、入選の二句は、「春の乙女となりはたらく」と言い、「日の蜜蜂のひかりの輪」と言い、句が生き生きとしている。それでは、なぜ一方が○で他方が◎なのか。あえて推測すれば、前者の「春の乙女」の句は、何も「果樹園」でなくてもよいかもしれない。これに対して、「日の蜜蜂」の方は、「の」でつなぐ口調のなめらかさとともに、「果樹園」であればこそ、「蜜蜂」が効いていると言えないだろうか。虚子が◎を付けた理由はここにあるのかもしれない。

続いて、昭和十五年の夏頃の句稿である。一枚の十一句中に「はまゆふ」の六句が並んでいる。

神々の昔ははまゆふを白くつくり

はまゆふの月に海神出てあそぶ

はまゆふにその夜のあとの朝明くる

◎はまゆふのひと夜の月にぬれし花

○はなゆふの花あをざめて暁けてをる

はまゆふの花ゆゑ朝の空ぬれて

これらの中で、◎が付いたのは「ひと夜の月にぬれし花」、○は「あをざめて暁けてをる」の句、「神々の」の句は無印、その他の三句は棒線によって抹消されている。入選の二句は、感覚が観念の言葉に走らず、具体性を帯びているようだ。また最後の句は、「はまゆふの花ゆゑ」と作者の小理屈が入っているのが、難と見られたのかもしれない。ここにおいても、虚子の目の虚子らしさがうかがえよう。

つぎは戦争を詠んだ句を取り挙げてみる。素逝と言えば大陸従軍中の句を収めた『砲車』（昭和十四年）が有名であるが、内地送還後もしばしば戦争俳句を詠んでいる。虚子宛の句稿にも戦争を詠んだ句が散見される。

例えば、昭和十五年一月の句稿である。全三十二句である。十句に◎が、八句に○が付けられている。◎が付けられた〈海嬴うちに大き藁家の簷さがり〉の句は、「大きな藁家簷さがり」と添削されており、欄外に「大き藁屋トイウ語ヨロシキニヤ、大き家とスベキカ」と記されている。隣も◎で〈山の子にけふが暮れゆく獅子の笛〉である。この二句はいずれも懐かしさを誘う句。ふるさとに根ざした素逝の抒情がよく現れている。さらに読み進めると、一行の空白のあと、次の三句に◎が付けられているのだ。

◎おほみくさ幾辺境に冬を越す
◎北風に叫ぶ宣撫の口を大きく開け
◎凍民に戦火の土塊うづたかく

この三句は、砲兵将校として戦った戦場を思い浮かべながら詠んだものであろう。ふるさとを詠む素逝の抒情句は、ここに一行の空白があるとはいうものの、聖戦を詠む戦争俳句と地続きである。その戦争俳句も、一方では「おほみくさ」を荘重に詠み、「宣撫」という任務の厳しさを詠み、他方では戦火の被害者である「凍民」に同情もしているのだ。樽見博は『戦争俳句と俳人たち』（平成二十六年）において、日本軍が「正義の皇軍」であれば、「中国兵への強い敵意と反対に、解放軍として中国の民衆に対する愛情も表面的には求められていたことの反映ではないか」と述べている。「解放軍」という意識は、素逝にはなかったように思われる。しかし「正義の皇軍」であればこそ、敵兵を正しく憎み、「凍民」には正しく同情をもって接する、ということはあったのかもしれない。

さらに、昭和十六年十二月か、あるいは十七年一月に提出された句稿を見てみる。全二十二句である。その中に素逝の『ふるさと』（昭和十七年）に収められている句が、三句含まれている。『ふるさと』では、「十二月八日—われ赤子」という前書が付けられた。

大寒とあり　みづからに期すること
○あらたなる寒さきびしさなほも来よ
言ふことややすし大寒身を緊むる

ほかにも〈年の夜のみそぎ　たたかふ國のをのこ〉のように、国の非常時を念頭に置いた句もある。これらの二十二句に対して、虚子は◎と○をそれぞれ三句に付けたのみであった。○の一つは、「あらたなる」の句に付けられている。この月の句稿は不振であった。虚子は「少し変になつて来はしないか」、と欄外に記している。開戦の勝報に興奮気味となり、つい言葉に力の入った素逝をたしなめたのであろう。

この虚子の言葉は、素逝にとって頂門の一針となった。素逝の『俳句誕生』（昭和十八年）に、

「言葉の上での興奮」という一文が収められている。素逝が言うには、十二月八日の感銘によって、「昂奮はいきほひ言葉の上にあらはれて、激烈な言葉が人々の目を刺戟するやうな句となりがちであつた。私も亦その一人であつた」。そのような素逝は、同時期に詠まれた虚子の二句に接して、「頭から水をかぶせられるやうにはつとしたのであつた」。

年はただ黙々として行くのみぞ　　　虚子
一切の行蔵寒にある思ひ

とはいえ、昭和十七年二月のシンガポール陥落の際には、素逝は〈寒朝焼け神神の血を五體にし〉〈捷つといふことの厳《いか》しく凍てにあり〉〈われ教師寒の堅しき男と《を》鍛たばや〉、と興奮を隠さず詠んでいるから、虚子の痛棒も大きな戦果を前にしては、あまり効果がなかったようである。この三句も『ふるさと』に収められている。

樽見は、素逝の『砲車』は「演出された句集ではないかという疑念」について述べている。「国家や軍隊の要請の前に無意識のうちに感覚が類型化し」、この類型化された感覚によって、演出された句となってしまったというのである。次節で紹介する「前線俳句鑑賞」についても言えることであるが、素逝は、『砲車』の時代に限らず、素朴に愚直に、大東亜戦争も正義の戦であると信じているのだ。昭和十二年末に発表された「愛国行進曲」の高揚そのままに、正義を実現する一大業として、「おほきみ」の戦争に素朴に感激しているのである。
昭和二十年の敗戦以前と思われる句稿は、十一句中、◎が八句、〇が一つという好調ぶりであった。気力が充実している。八月十五日を挟んでそれに続くと推測される句稿の十一句は、◎が一つ、〇が三つという結果に終わった。不調である。虚子は「感興少なく技巧のミ先き走りたる感あり」と欄外に記した。石田は「一ケ月でこんなに変わるものかと驚く。誰だって好不調の波はあると思う」と書くのであるが、これは見当違いであろう。ここに敗戦の大きなショックがうかがえる、と言うべきではないか。
最後に一つ。昭和二十年の春と推測される句稿に、次の一句が記されている。◎も〇も付いていない。

この炭火赤きがごとき死處得たし

素逝は昭和二十一年十月十日に亡くなった。その葬儀に虚子は一句を寄せている。

まつしぐら爐にとびこみし如くなり　　虚子

虚子の念頭に、素逝の一句があったのかもしれない。

三、「前線俳句鑑賞」

遺稿の中に、「前線俳句鑑賞」原稿（ソノ三）と表紙に墨書された、ひとまとまりの原稿がある。「素逝箋」という二百字詰の原稿用紙である。序文のようなものはない。五六〇から八一三まで番号が振ってあり、番号五六〇の一枚には真ん中に「大東亜戦争」と書かれている。この原稿は「大東亜戦争」を詠んだ八十四句を鑑賞したものである。

「ソノ一」と「ソノ二」の原稿は失われているが、その部分が通し番号で五五九まであったと考えると、そこには二百句近い句が収められていたものと推測される。おそらく「大東亜戦争」以前の戦いを詠んだ句であろう。それらを含めて、「前線俳句鑑賞」には全体で三百近い句が収録されていたと思われる。いずれにしても、戦争と俳句に対する素逝の熱意が込められた原稿である。

『俳句誕生』所収の「この時いよいよ真剣に」によれば、戦時下にあって素逝は、「いよいよ心緊めて一生懸命にやらなければならぬ」、と覚悟を新たにしていた。俳句への真剣な努力は、「つまるところ、俳句といふものへ投げ出した自己をとほしての、自己の不断の鍛錬に外ならぬ」。そうであれば、「この内への方向での私たち自身の向上への鍛錬の中に於てこそ、私たち俳句人としての御奉公が、まづ、同時に社会人である私たちの外部への方向につながることになる」。素逝によれば、戦時下において一生懸命俳句を詠むことは、けっしてはばかられることでない。その不断の鍛錬こそが、社会人としてのお国への御奉公に通じるのである。「戦争下の俳句」(『俳句誕生』所収)において言う。

花鳥開拓とはいふものの、その世界を開拓するのは――この花鳥の世界の真実をつかみ出すのは、戦争といふもののただ中にある私たちの心なのである。〔中略〕私たち自身が戦争といふ現実を回避しない限り、俳句自身は決してそれと別個の世界に夢をむさぼつたりはしないのである。そして、かうして拓かれてゆく真実といふものにこそ、今まで、俳句本来の御奉公もあつたのである。俳句は、いよいよこの道に徹して行つたらよい。

戦争を詠むことも、「前線俳句鑑賞」の執筆も、そのような俳句による「御奉公」であった。たしかに、戦意高揚への努力も俳句の貢献であろう。しかし戦場においても、「花鳥の世界の真実」が開拓されているのだ。戦場で詠まれた句は、「戦場から送られて来た俳句であるから」、という理由で価値があるのではない。ましてやそこに、戦意高揚の意図がある、ということのみによって価値があるのではない。

戦場に在つて真剣に作句してゐる人は、戦場に在るが故に戦場を戦場の心を俳句に捉へよ

う と努めてゐる。そこには、やむにやまれぬ何かがあるのである。内から外へ出さずにはをれぬものがあるのである。戦場の俳句の尊さはこの点にこそあるのであり、又それゆゑに盛られたその真実ゆゑにこそあるのである。

「戦場の俳句について」（『俳句誕生』所収）から引いたものである。「やむにやまれぬ何か」、また「内から外へ出さずにはをれぬもの」、すなわち戦場の「真実」、これがあることによって、戦場の俳句は尊い。これに対して、戦火想望俳句は、素逝によれば、自分の身を銃後に置いて、戦場と戦場の心を再現しようとしたのであるが、結局再現どころか、模造に終わったのである。そこには戦場の真実はない。「前線俳句鑑賞」において取り挙げられた句には、戦場の真実が、これもまた「花鳥の世界の真実」として、明らかにされているのである。

さて「前線俳句鑑賞」の具体的な内容であるが、ここでは紙幅の関係で、相馬遷子の一句のみを取り挙げることにしよう。その鑑賞は、すでに石田によって全文紹介されている。

敗敵に機銃断続し麦あらし　　相馬遷子

遷子と言えば、「馬酔木」の俳人。その句業や人柄は、筑紫磐井や中西夕紀らによる『相馬遷子——佐久の星』（平成二十三年）に詳しい。遷子は軍医として昭和十六年に大陸に渡り、翌年、病気により内地に送還されるまで、戦場俳句を詠み続けた。さてこの句を素逝は次のように鑑賞している。

［前略］からりと晴れて吹きまくる初夏の強風。さわぎつづける青麦の野。応接にいとまなく現れては潰走する敵。そのうしろへひつきりなしに断続する機銃音。敗敵を追ひ撃つこのあわただしい息つまる雰囲気のひと時が、敗敵を作者をあめつちをつつんで吹きまくる麦のあらしの風の中、豪快なまでにはればれと感じられる。

一体に素逝の鑑賞は、行き届いており的確である。ややもすると諄《くど》い感じを与えるぐらい丁寧でもある。この鑑賞文も、その現場にいるかのように、丁寧に書かれている。体言止めの文章が躍動している。遷子の句だけでなく、この文章そのものが、戦争に関わる様々な鬱屈を吹き飛ばすような、はればれとした印象を与える。それとともに、将兵の健康な肉体と汗が感じられるのだ。

戦場の「真実」とは一体何であろうか。

参考文献

本書を書く上で多くの文献を利用した。ここではその主要なものを挙げる。なお文献中の「俳句」の版元は角川書店、「俳句研究」の版元は富士見書房である。

第一章　内藤鳴雪

内藤鳴雪『鳴雪俳話』博文館、明治四十年
内藤鳴雪『鳴雪句集』俳書堂、明治四十二年
内藤鳴雪『俳句はいかに作りいかに味ふか』アルス、大正九年
内藤鳴雪『俳句のちか道』廣文堂書店、大正十年
内藤鳴雪『鳴雪俳句集』春秋社、大正十五年
内藤鳴雪『鳴雪自叙伝』岩波書店、平成十四年
内藤鳴雪「老梅居漫筆」「ホトトギス」第一号（明治三十年一月）
内藤鳴雪「獺祭書屋俳句帖抄に付きて」「ホトトギス」第五巻第九号（明治三十五年六

月）

正岡子規「内藤鳴雪」「ホトトギス」第三号（明治三十年三月）

安倍能成「鳴雪先生の追憶」「ホトトギス」第二十九巻第九号（大正十五年六月号）

畠中淳編著『内藤鳴雪』松山子規会、昭和六十年

「虚子記念文学館報」第二十五号　虚子記念文学館、平成二十五年四月

第二章　赤星水竹居

赤星水竹居「初対面」「ホトトギス」第三十巻第七号（昭和二年四月号）

赤星水竹居「虚子先生へ」「ホトトギス」第三十九巻第七号（昭和十一年四月号）

赤星水竹居『東京便り』阿蘇発行所、昭和十一年

赤星陸治「郷里の子弟に語つたことなど」『体験を語る』所収　金星堂、昭和十三年

赤星陸治『虚無僧』同文館、昭和十四年

冨山房編『丸ノ内今と昔』冨山房、昭和十六年

高浜虚子・赤星平馬選『水竹居句集』冨山房、昭和二十五年

赤星水竹居『虚子俳話録』講談社、昭和六十二年

村上兵衛『小岩井農場百年史』小岩井農牧株式会社、平成十年
赤星陸治『水竹居文集』文藝春秋、平成二十年
「多面的才能・俳人・赤星水竹居という人」熊本近代文学館特別展、平成二十二年

なお資料を収集する際に、熊本近代文学館の方のお世話になった。改めて厚く御礼申し上げたい。

第三章　本田あふひ

豊原青波（家庭俳句会代表）編『本田あふひ句集』ホトトギス発行所、昭和十六年
高濱虚子「鎌倉能舞台の記」「ホトトギス」第十七巻第十二号（大正三年九月号）
本田あふひ他「今の俳句の十二ヶ月のさまざま」「ホトトギス」第四十二巻第一号（昭和十三年十月号）
「本田あふひ女史追憶座談会」「ホトトギス」第四十二巻第九号（昭和十四年六月号）
「本田あふひ女史追善謡会の記」「寶生」昭和三十二年十一月号
霞会館華族家系大成編輯委員会『平成新修　旧華族家系大成』下巻、平成八年

三浦裕子　「明治期の能楽復興と坊城俊政」「楽劇学」第十四号、平成十九年

第四章　鈴鹿野風呂

鈴鹿　登　『野風呂句集』京鹿子発行所、大正十五年
鈴鹿野風呂　『嵯峨野集』京鹿子発行所、昭和十四年
鈴鹿野風呂　『浜木綿』『現代俳句大系』第三巻所収　角川書店、昭和四十七年
鈴鹿野風呂　『海豹島』京鹿子発行所、昭和十五年
鈴鹿野風呂　『柿』京鹿子文庫、昭和三十一年
鈴鹿野風呂　『俳諧日誌』巻一　京鹿子文庫、昭和三十八年
高濱虚子　「暫くぶりの句作」「ホトトギス」第十六巻第五号（大正二年三月号）
京鹿子同人　「――路――（宣言）」「京鹿子」第一輯（大正九年）
高濱虚子他　「雑詠句評会（九十四）」「ホトトギス」第三十七巻第四号（昭和九年一月号）
水野忠武　『丹鶴集』京鹿子発行所、昭和九年
鈴鹿野風呂・松井利彦　「対談・昭和俳句史」「俳句研究」昭和四十一年七月号、及び九

月号
村山古郷『大正俳壇史』角川書店、昭和五十五年
広山謙介監修『鴻池家年表』鴻池合名会社、平成三年
霞会館華族家系大成編輯委員会『平成新修 旧華族家系大成』下巻、平成八年
松井利彦『大正の俳人たち』富士見書房、平成八年
伊丹啓子『日野草城伝』沖積社、平成十二年

なお、京都の野風呂記念館では「京鹿子」第一輯をはじめ、多くの貴重な資料を閲覧させていただいた。水野白川について多くのことを知りえたのも、当館所蔵の資料を通してである。関係の皆様に厚く御礼申し上げたい。

第五章 鈴木花蓑

鈴木花蓑「写生の一考察」「ホトトギス」第二十八巻第八号（大正十四年五月号）
鈴木花蓑「写生雑録」「ホトトギス」第二十八巻第十号（大正十四年七月号）
鈴木花蓑『鈴木花蓑句集』『増補 現代俳句大系 第六巻』所収 角川書店、昭和五十

六年

高濱虚子「客観写生句の面白味」「ホトトギス」第二十七巻第六号（大正十三年三月号）

伊藤敬子『写生の鬼　俳人鈴木花蓑』中日新聞本社、昭和五十四年

水原秋櫻子『定本　高濱虚子』永田書房、平成二年

西　元和「俳人鈴木花蓑の生涯」「法曹」五九三号　法曹会編、平成十二年

水原秋櫻子「その頃・あの人（11）」『水原秋櫻子全集』第六巻所収　月報11　講談社、昭和五十三年

第六章　長谷川かな女

長谷川かな女『長谷川かな女全集』東京四季出版、平成二十五年

長谷川かな女「婦人俳句会」「ホトトギス」第十九巻第十一号（大正五年八月号）

長谷川かな女「せん女様をお迎へして」「ホトトギス」第二十巻第二号（大正五年十一月号）

長谷川かな女他「お詣り」「ホトトギス」第二十巻第四号（大正六年一月号）

長谷川かな女「女流十句集と婦人欄について」「ホトトギス」第二十一巻第七号（大正

七年四月号）
長谷川かな女「婦人俳句会」「ホトトギス」第二十一巻第九号（大正七年六月号）
高濱虚子「つゝじ十句集」「ホトトギス」第十六巻第七号（大正二年六月号）
高橋すみ女「かな女さん」「ホトトギス」第二十巻第一号（大正五年十月号）
杉田久女「大正女流俳句の近代的特色（前期雑詠時代）」「ホトトギス」第三十一巻第五号（昭和三年二月号）
阿部みどり女「かな女さんのこと」「俳句研究」昭和四十四年八月号
松井利彦『大正の俳人たち』富士見書房、平成八年
石　寒太「長谷川かな女の生涯」「俳句αあるふぁ」平成二十五年十二月号・二十六年一月号（合併号）、毎日新聞出版

第七章　河野静雲

河野静雲『閻魔』島井精華堂、昭和十五年
河野静雲「俳句とのつながり――句集『閻魔』――」「俳句」昭和四十七年十月号
河野静雲『河野静雲集』（脚註名句シリーズⅠ・⑦）俳人協会、昭和六十年

高濱虚子　「みな観世音」「ホトトギス」第二十一巻第四号（大正七年一月号）
吉岡禪寺洞　「天の川の下に」「ホトトギス」第五十七巻第二号（昭和二十九年二月号）
皤谷東吾　「篠原鳳作と同時代の人々」「俳句研究」昭和四十六年九月号
小原菁々子　「憶静雲先生」「俳句」昭和四十九年四月号
清原枴童　『清原枴童全句集』柿発行所、昭和五十五年

第八章　池内たけし

池内たけし　『たけし句集』欅発行所、昭和八年
池内たけし　『かうして俳句は作られる』欅発行所、昭和九年
池内たけし　『赤のまんま』藍香社、昭和二十五年
池内たけし　『叔父虚子』欅発行所、昭和三十一年
池内たけし　「震災日記　鎌倉に行くまで」「ホトトギス」第二十七巻第二号（大正十二年十一月号）
池内たけし　「宝生九郎翁」「ホトトギス」第五十四巻第五号（昭和二十六年五月号）
池内如翠　「能楽に就て十余年の経歴」「ホトトギス」第十七巻第四号（大正三年一月号）

高濱虚子「たけしの来るまで」「ホトトギス」第二十七巻第二号（大正十二年十一月号）
山口青邨「池内たけしさんのこと」「俳句」昭和五十年二月号

第九章　島村　元

島村　元「写生句最近の傾向に就て」「ホトトギス」第二十二巻第十号（大正八年七月号）
島村　元「俳句内容の散文化傾向に就て」「ホトトギス」第二十二巻第十二号（大正八年九月号）
島村　元「セザンヌの林檎」「ホトトギス」第二十四巻第六号（大正十年四月号）
島村　環編『島村元句集』三有社、大正十三年
大橋櫻坡子「淀川俳句会」「ホトトギス」第二十一巻第二号（大正六年十一月号）
高濱虚子「肥前の国まで」「ホトトギス」第二十五巻第八号（大正十一年五月号）
高濱虚子「島村元君逝く」「ホトトギス」第二十七巻第一号（大正十二年十月号）
原田濱人「故島村元さんの思ひ出」「ホトトギス」第二十七巻第二号（大正十二年十一月号）

野村泊月・大橋櫻坡子他　「大阪にての座談会」「ホトトギス」第四十一巻第四号（昭和十三年一月号）
鈴鹿野風呂・松井利彦　「対談・昭和俳句史」「俳句研究」昭和四十一年七月号、及び九月号
松井利彦　『大正の俳人たち』富士見書房、平成八年

第十章　大橋櫻坡子

大橋英次　『雨月』山茶花発行所内　句集「雨月」刊行会、昭和十三年
大橋櫻坡子　『大正の大阪俳壇』和泉書院、昭和六十一年
大橋櫻坡子　『大橋櫻坡子全句集』雨月発行所、昭和五十一年
大橋櫻坡子　『大橋櫻坡子集』（脚註名句シリーズⅠ・⑤）俳人協会、平成六年
大橋櫻坡子　『大橋櫻坡子俳話集』角川書店、平成十九年
大橋敦子　「亡父追憶――句集『雨月』――」「俳句」昭和四十七年八月号
大野翠峰　「堺俳句会の記」「ホトトギス」第二十巻第五号（大正六年三月号）
久保田九品太　「虚子先生俳話」「ホトトギス」第二十巻第五号（大正六年三月号）

第十一章　佐藤念腹

佐藤念腹編　『パウリスタ俳句集』パウリスタ新聞社、昭和二十七年
佐藤念腹　『念腹句集』暮しの手帖社、昭和二十八年
佐藤念腹　『念腹句集　第二』暮しの手帖社、昭和三十六年
高濱虚子他　「雑詠句評会（第二十四回）」「ホトトギス」第三十一巻第二号（昭和二年十一月号）
高濱虚子他　「雑詠句評会（第二十九回）」「ホトトギス」第三十一巻第七号（昭和三年四月号）
木村圭石　「おかぼ会吟行記」「ホトトギス」第三十二巻第一号（昭和三年十月号）
木村圭石　「ブラジルより」「ホトトギス」第三十八巻第一号（昭和九年十月号）
関　圭草　「アルゼンチンより」「ホトトギス」第三十九巻第一号（昭和十年十月号）
高濱虚子他　「座談会」「ホトトギス」第三十九巻第四号（昭和十一年一月号）
高濱虚子他　「ブラジルを聞く（座談会）」「ホトトギス」第五十六巻第二号（昭和二十八年二月号）
『関桂三氏追懐録』関桂三氏追懐録刊行会、昭和四十年

細川周平　『日系ブラジル移民文学Ⅰ』みすず書房、平成二十四年
細川周平　『日系ブラジル移民文学Ⅱ』みすず書房、平成二十五年

なお新潟県阿賀野市の文化行政係の方から、念腹の関係資料をわざわざお送りいただいた。厚く御礼申し上げる。

第十二章　岡田耿陽

岡田孝助　『汐木』花鳥堂、昭和十四年
岡田耿陽　「深い暗い穴」「ホトトギス」第六十二巻第六号（昭和三十四年六月号）
岡田耿陽　『句生涯』竹島会、昭和五十六年
高濱虚子　「消息」「ホトトギス」第三十巻第十二号（昭和二年九月号）
高濱虚子選　『日本新名勝俳句』大阪毎日新聞社・東京日日新聞社、昭和六年
高濱虚子　「三河國蒲郡（日本探勝会第一回）」「ホトトギス」第四十二巻第七号（昭和十四年四月号）
加藤猿子　「岡田耿陽氏の急逝を悲しむ」竹島会編集『岡田耿陽先生追悼句集』所収、昭

和六十年
蒲郡市教員会編　『蒲郡の人』昭和三十九年
蒲郡市小中学校教職員会・蒲郡市教育委員会編　『蒲郡の人』平成十六年

第十三章　五十嵐播水

五十嵐久雄　『播水句集』京鹿子発行所、昭和六年
五十嵐播水　『埠頭』七丈書院、昭和十七年
五十嵐播水　『虚子門に五十余年』新樹社、昭和五十二年
五十嵐播水「とりとめもなき思い出」「俳句」昭和五十五年七月号
五十嵐播水　『一老医のあしあと』永田書房、昭和六十一年
五十嵐播水　『流るる月日』永田書房、平成元年
松尾いはほ　「俳諧追憶」「京鹿子」大正十三年八月号
平畑静塔　「人間　日野草城」「俳句」平成二年六月号

第十四章　中村汀女

中村汀女　『春雪』三省堂、昭和十五年
中村破魔子　『汀女句集』養徳社、昭和十九年
高濱虚子選　「雑詠」「ホトトギス」第二十三巻第四号（大正九年一月号）
桂　信子　「中村汀女論」「俳句」昭和二十八年六月号
山本健吉　『現代俳句』角川書店、昭和三十九年
小川濤美子　「中村汀女の家郷時代」「俳句研究」昭和五十六年五月号
上野さち子　「汀女俳句の出発（前期）」「俳句」平成七年二月号
小川濤美子　『中村汀女との日々』富士見書房、平成十五年

第十五章　高岡智照

高岡辰子　『黒髪懺悔』中央公論社、昭和九年
高岡智照　『祇王寺日記』講談社、昭和四十八年
高岡智照　『花喰鳥』かまくら春秋社、昭和五十九年

高岡智照『露草』永田書房、平成二年
高岡智照『つゆ草日記』永田書房、平成四年
高岡智照「黒髪懺悔」『対談集　風のかなたへ』所収、かまくら春秋社、平成二十一年
高濱虚子選「雑詠」「ホトトギス」第三十二巻第五号（昭和四年二月号）
高濱虚子他「雑詠句評」「ホトトギス」第三十二巻第六号（昭和四年三月号）
小野賢一郎『女、女、女』興成館書店、大正四年
小野賢一郎『明治大正昭和　記者生活二十年の記録』大空社、平成五年
伊藤玄二郎編『遠花火　高岡智照尼追悼』かまくら春秋社、平成七年
松岡ひでたか『小野蕪子管見』交友プランニングセンター／友月書房、平成二十一年

第十六章　皆吉爽雨

皆吉爽雨『雪解』山茶花発行所、昭和十三年
皆吉爽雨「『恵那十日句録』を味ふ」「ホトトギス」第三十五巻第四号（昭和七年一月号）
皆吉爽雨・松本たかし『互選句集』（かに俳句選書　第二集）かに書房、昭和二十三年

皆吉爽雨　『三露』牧羊社、昭和四十一年
皆吉爽雨　「写生流自伝」「俳句」昭和四十五年六月号
皆吉爽雨　「第一句集の左右――『雪解』のこと――」「俳句」昭和四十七年八月号
皆吉爽雨　「わが来し方」「俳句研究」昭和五十二年五月号
皆吉爽雨　『山茶花物語』牧羊社、昭和五十一年
皆吉爽雨　「投句四十年の記」「俳句」昭和五十五年七月号
皆吉爽雨　『俳句開眼』牧羊社、昭和五十六年
赤松蕙子　「怒れる杖――皆吉爽雨の晩年」「俳句研究」昭和六十一年八月号
皆吉　司　「祖父とわたし」「俳句」昭和五十八年十月号
本多静江　「皆吉爽雨先生の俳句指導――「雪解」史とともに――」「俳句」昭和五十八年十月号
伊沢正江編著　『皆吉爽雨の世界』梅里書房、平成三年

第十七章　高濱年尾

高濱年尾　『年尾句集』新樹社、昭和三十二年

高濱年尾　『高濱年尾全集』第二巻　梅里書房、平成十一年
高濱年尾　『高濱年尾全集』第四巻　梅里書房、平成八年
高濱年尾　『高濱年尾全集』第五巻　梅里書房、平成七年
稲畑汀子編著　『高濱年尾の世界』梅里書房、平成二年
山本健吉　「年尾氏の句境」「俳句」昭和五十五年二月号
本井　英　「東京の二百日」（虚子への道）「夏潮」平成二十年二月号
松下芳男　『徴兵令制定史』五月書房、昭和五十六年
松下芳男　「徴兵令の対学徒政策」「工学院大学研究論叢」第八号、昭和四十五年
菊池邦作　『徴兵忌避の研究』立風書房、昭和五十二年
加藤陽子　『徴兵制と近代日本』吉川弘文館、平成八年
柴田勝二　「漱石と徴兵忌避」「季論21」夏号　本の泉社、平成二十六年

第十八章　長谷川素逝

長谷川素逝　『砲車』三省堂、昭和十四年
長谷川素逝　『定本素逝集』臼井書房、昭和二十二年

高濱虚子他　「『露草』『砲車』座談会」「ホトトギス」第四十二巻第十号（昭和十四年七月号）
藪谷遊子　「長谷川素逝著『暦日』――長谷川素逝回顧――」「菜殻火」昭和四十年九月号
親井牽牛花　「長谷川素逝」「俳句研究」昭和五十二年十月号
うさみとしお　『長谷川素逝　圓光の生涯』晩紅発行所、平成十七年
中村雅樹　『俳人　橋本鷄二』本阿弥書店、平成二十四年
樽見　博　『戦争俳句と俳人たち』トランスビュー、平成二十六年
石田ひでお　『長谷川素逝――その生涯と遺せしもの――』山崎プリント、平成二十七年

第十九章　福田蓼汀

福田蓼汀　『山火』かに書房、昭和二十三年
福田蓼汀　「秋風挽歌」「俳句」昭和四十四年十一月号
福田蓼汀　『黒部の何処に』株式会社スキージャーナル、昭和五十二年
福田蓼汀　「山岳俳句序説」「俳句」昭和三十八年七月号

福田蓼汀　「四季讃歌」「俳句」昭和四十五年七月号
福田蓼汀　『福田蓼汀集』（脚註名句シリーズⅠ・㉑）俳人協会、平成二年
岡田日郎　「奥黒部の背景――福田蓼汀論――」「俳句」昭和四十五年六月号
岡田日郎編著　『福田蓼汀の世界』梅里書房、平成元年
宇佐美魚目　「氷塊」「俳句」昭和六十三年四月号

第二十章　京極杞陽

京極杞陽　『くくたち　上巻』菁柿堂、昭和二十一年
京極杞陽　『くくたち　下巻』菁柿堂、昭和二十二年
京極杞陽　『但馬住』白玉書房、昭和三十五年
高濱虚子他　「あまやかさない座談会」「ホトトギス」第四十三巻第七号（昭和十五年四月号）
京極杞陽　「いやな質問」「ホトトギス」第四十三巻第十号（昭和十五年七月号）
京極杞陽　「静かなる美」「ホトトギス」第四十三巻第十号（昭和十五年七月号）
高濱虚子　「渡佛日記」「ホトトギス」第三十九巻第十一号（昭和十一年八月号）

松本たかし　「皮相と内奥（一）」「ホトトギス」第四十三巻第八号（昭和十五年五月号）
松本たかし　「皮相と内奥（二）」「ホトトギス」第四十三巻第九号（昭和十五年六月号）
成瀬正俊編著　『京極杞陽の世界』梅里書房、平成二年
櫂　未知子　「京極杞陽　喪失という青空」「俳句研究」平成十二年四月号
櫂　未知子　「京極杞陽　冴え返る個性」「俳句研究」平成十二年五月号
山田弘子　「六の花ふりはじめたり1　京極杞陽との縁（プロローグ）―評伝・京極杞陽」「俳句研究」平成二十一年秋の号
山田弘子　「六の花ふりはじめたり2　出自そして関東大震災―評伝・京極杞陽」「俳句研究」平成二十一年冬の号
山田弘子　「六の花ふりはじめたり3　関東大震災前後の高光―評伝・京極杞陽」「俳句研究」平成二十二年春の号
山田弘子　「六の花ふりはじめたり4　関東大震災前後の高光Ⅱ―評伝・京極杞陽」「俳句研究」平成二十二年夏の号

第二十一章　森田愛子

森田愛子「秋灯下」「木兎」昭和二十二年三月号
森田愛子・伊藤柏翠『虹』三洋社、昭和二十四年
高濱虚子『定本　高濱虚子全集』第七巻　毎日新聞社、昭和五十年
伊藤柏翠『伊藤柏翠自伝』鬼灯書籍株式会社、昭和六十三年
伊藤柏翠『虚子先生の思い出』天満書房、平成七年
みくに龍翔館編『森田愛子――その俳句と生涯――』みくに龍翔館、平成八年
みくに龍翔館編『俳人　伊藤柏翠』みくに龍翔館、平成十四年
森谷欽一「人の世も斯く美し――虚子と愛子と柏翠と――」（横浜市立大学経済研究所平成十四年度公開ゼミナール研究報告書）

第二十二章　野見山朱鳥

野見山朱鳥「わが俳論」「俳句」昭和二十八年七月号
野見山朱鳥『野見山朱鳥全集』第一巻　梅里書房、平成二年

野見山朱鳥　『野見山朱鳥全集』第二巻　梅里書房、平成三年
野見山朱鳥　『野見山朱鳥全集』第三巻　梅里書房、平成三年
友岡子郷　「野見山朱鳥論――その苦悩と回生――」「俳句」昭和四十三年二月号
福田蓼汀　「野見山朱鳥の生活と文学」「俳句」昭和四十三年二月号
阿部みどり女　「野見山朱鳥さんのこと」「俳句研究」昭和四十三年二月号
関野準一郎　「絵画研究所時代の朱鳥」「俳句研究」昭和四十三年二月号
福田蓼汀　「朱鳥の俳句」「俳句研究」昭和四十三年二月号
本郷昭雄　「朱鳥昇天」「俳句」昭和四十五年五月号
福田蓼汀　「永劫の火」「俳句」昭和四十五年五月号
友岡子郷　「野見山朱鳥の著作」「俳句研究」昭和四十五年六月号
友岡子郷　「地上以外の永遠と、地上と――野見山朱鳥の晩年」「俳句研究」昭和六十一年八月号
野見山ひふみ編著　『野見山朱鳥の世界』梅里書房、平成元年

第二十三章　上野　泰
上野　泰「佐介」『現代俳句全集』第一巻所収　みすず書房、昭和三十三年
上野　泰「句集『佐介』前後」「俳句」昭和四十七年十一月号
上野　泰『上野泰』（藤田湘子監修・花神コレクション〔俳句〕）花神社、平成六年
小原牧水「泰句集の世界」「俳句研究」昭和四十三年三月号
深見けん二「句集『佐介』と上野泰」「俳句研究」昭和五十五年一月号
北村龍行「横浜　上野運輸商会」（地方の名門企業47）「エコノミスト」昭和五十八年三月二十二日号

第二十四章　波多野爽波
波多野爽波『鋪道の花』書林新甲鳥社、昭和三十一年
波多野爽波「俳句スポーツ説——若者のために——」「俳句」昭和五十七年十二月号
波多野爽波「現代俳句の活性化とは」「俳句」昭和六十一年五月号
波多野爽波『波多野爽波全集』第一巻　邑書林、平成六年

波多野爽波　『波多野爽波全集』第二巻　邑書林、平成四年
波多野爽波　『波多野爽波全集』第三巻　邑書林、平成十年
波多野爽波他　「『青』創刊にあたって」（座談会）「青」昭和二十八年創刊号
波多野爽波他　「ホトトギスの一年を顧る」（座談会）「青」昭和三十年一月号
長谷川　櫂　「身体の復権――波多野爽波の写生について」「俳句」昭和六十一年六月号
岡田日郎　「爽波さんを悼む」「俳句」平成四年二月号
宇多喜代子　「波多野爽波論」「俳句研究」平成四年二月号
霞会館華族家系大成編輯委員会　『平成新修　旧華族家系大成　下巻』、平成八年
吉本伊智朗　「わが師を語る　波多野爽波」「俳句四季」平成二十四年四月号
柴田千晶　「俳句に取り憑いた男」『再読　波多野爽波』所収　邑書林、平成二十四年

第二十五章　補遺　長谷川素逝の遺稿

うさみとしお　『長谷川素逝　圓光の生涯』晩紅発行所、平成十七年
筑紫磐井・中西夕紀他編　『相馬遷子――佐久の星』豈の会、平成二十三年
中村雅樹　『俳人　橋本鶏二』本阿弥書店、平成二十四年

樽見　博　『戦争俳句と俳人たち』トランスビュー、平成二十六年
石田ひでお　『長谷川素逝――その生涯と遺せしもの――』山崎プリント、平成二十七年

本稿を書き進めることができたのは、素逝の遺児である林洋子氏から、三重県史編纂室の松浦栄氏を通じて、素逝の貴重な遺稿をお借りすることができたからである。また石田ひでお氏からは、今や素逝研究の基本的資料の一つとなった「根倉句抄」のコピーを送って頂いた。お三方の御厚意に厚く御礼申し上げたい。

あとがき

本書の各章は、「俳壇」（本阿弥書店）の平成二十七年一月号から、二十八年十二月号まで連載された、「ホトトギスの俳人たち」に加筆したものである。また最後に加えられた補遺は、「俳壇年鑑」（平成二十九年）に掲載されたものである。

その間、本阿弥書店の安田まどかさんには大変お世話になった。安田さんの言葉に勇気づけられて、書き続けることができたと思っている。心より感謝申し上げたい。

本書も「百鳥叢書」に加えて頂けることになった、大串章主宰をはじめ関係の皆さまに厚く御礼申し上げる。

平成二十九年五月二十五日

中村雅樹

著者紹介

中村雅樹（なかむら　まさき）
昭和23年生まれ
宇佐美魚目・大串章に師事
「百鳥」「晨」同人
平成９年　句集『果断』
平成19年　句集『解纜』
平成20年　評論『俳人 宇佐美魚目』（本阿弥書店）
　　　　　第９回山本健吉文学賞（評論部門）受賞
平成24年　評論『俳人 橋本鶏二』（本阿弥書店）
　　　　　第27回俳人協会評論賞受賞

公益社団法人 俳人協会評議員
日本文藝家協会会員

ホトトギスの俳人たち　　百鳥叢書第96篇

2017年８月３日　初版発行
定価 本体3200円（税別）

著　者　中村　雅樹
発行者　奥田　洋子
発行所　本阿弥書店《ほんあみ》
東京都千代田区猿楽町2-1-8　三恵ビル　〒101-0064
電話　03（3294）7068(代)　振替　00100-5-164430
印刷製本　日本ハイコム株式会社

ISBN 978-4-7768-1313-2（3030）